主編

朱少璋

過錄

劉奕航　黃榮杰　李耀章

張軒誦　葉翠珠　余龍傑

璞社
談藝錄

初編

匯智出版

何文匯教授（前排中坐）與詩友合攝

洪肇平先生（中坐）

朱少璋博士（前排左一）與詩友合攝

莫雲漢教授

陳永正教授

《璞社談藝錄》單行本（社內流通）

序一

鄺健行

璞社成立至今超過十八個年頭。一個以大專師生為成員主幹的古典詩歌寫作文藝組織，沒有任何外界恆常資助，社員純以興趣聚合，卻繼續活力充盈，也算得難能可貴了。

十八年來，詩社每月聚會討論詩作，除去年節假期，一年舉行十次左右。這裏見出一份堅持；即使現在新冠肺炎疫情流行，人不外出，還是網上每月交流。雅集一般定在星期天下午，與會者用上三四個小時認真互相講論會前幾天提交的作品。講論內容多半圍繞作法種種問題開展，也就是圍繞所謂談詩論藝的「藝」而開展。璞社社員來去隨意，不設約章。一位成員如果在社裏待上三兩年，參加過二三十次月會；儘管每人才具不同，詩寫得是不是與時俱進不好說，然而他對詩藝認識增多，幾乎可以肯定。

詩藝的範圍很廣，舉凡謀篇運意、脈絡呼應、隱顯曲直、造句鍊字、駢散整合、格律聲韻、對偶工切等等技巧都包括在內。我看社友們在上述各方面都注意講求，似乎比外界多數人更注意講求；並且往往聯繫前人載籍指引，作更深程度切入：好像審題情景的扣合配襯、聯語雙疊的對應、四聲遞用的重視、大韻小韻的兼顧、孤平拗救的忌避留心之類。本來詩歌講論不應只重視「藝」的層面，還應該注意如姚鼐在《古文辭類纂‧序》中提到的

神理氣味以及近人珍之重之的思想意識。可是正如姚鼐從前說，儘管聲色格律的藝屬文之粗者，不過上層文之精者的神理氣味，連同我們今天要補說的思想意識，還是首先得通過藝術技巧才能更好地表現。沒有藝的講究，上層文之精者恐怕無從談起；所謂「苟捨其粗，則精者亦胡以寓焉」。詩社成立初意就是大家一起寫詩，共同提高，然則寫詩而講求技藝，創作過程中盡量參考採納前人經驗指引，自是應有之義。不過近代以來有一種觀點流行：作品以思想內容為重，而過分追求作品形式技巧會妨礙思想內容的準確表達。另一方面，近世語言和六朝唐宋的很不相同，於是古人根據他們當時語言制定種種以求作品音律諧和聲情相應的準則或方式，今人已是不容易從具體作品中充分感受得出。由於上述原因，有些專家學者便主張對傳統詩藝作適度的寬鬆處理甚至削棄，譬如律詩中間兩聯寬對即可，不必銖兩悉稱；譬如非節奏重音的平仄可以從寬，孤平不必理會。這種說法的影響目前似乎仍見痕跡，眼中所見，詩藝深研的風氣不盛，詩作融納古賢技法的不算多。

　　璞社社友寫詩算得是稍異時流，仍舊尊重留心傳統詩藝。所以這樣，也許可以從三方面去講。第一，社員以粵語為母語，粵語基本上保留了中古音系統，平上去入四聲分明，古人追求詩歌音樂性以及聲情相應有意無意採用的特定方法，我們仍然感受其正面效果。譬如古代一些詩家寫律詩用上了如清人所歸納出來的四聲遞用法安排句中或句末字聲調，拿粵語朗讀他們的作品，確有音節鏗鏘、抑揚頓挫之妙。這樣的術藝我們寫作時為甚麼不樂

於學習摹倣？第二，形式和內容的關係，其實可以從多角度去觀察，相互排拒不是唯一的可能，二者儘可以是相輔相成的兩方。試看杜甫不少長律，形式極矣，技巧操運極矣，何嘗不是思想內容恰當結合的佳作？所以巧藝不須必定削棄。第三，藝術手法由粗漸精是文學創作過程中的正常發展。如果除精用粗，通過認為這樣變粗之後的體式才能更好地呈露事理情意，這樣講法合理的比例大嗎？這也算文學創作過程中的正常發展嗎？我們希望的是：寫古典詩歌既要盡可能參用前人原來的藝術運用之巧之精，又可以很好地表現事理情意；而不是要削減或寬鬆本來詩藝的精妙指引。

　　璞社談詩論藝的風氣相對熾熱還可以舉社員著作說明。董就雄君二〇一六年出版《聽車廬評點璞社詩》，鍾世傑君今年出版《璞社青年社員評點集》。前者以董君的評點為主，同時斟酌引用其他導師的意見。後者鍾君匯集了十四位青年社員的評點文字。我十年前也選編過璞社社員歌詩，取名《剖璞浮光集》出版，主要保留早期各位導師的評點文字，間或加點個人意見。我和董、鍾二君可說分屬璞社老中青三代。先後合觀，璞社講論詩藝文字居然綿延而下，頗覺形成系列。至於評點的形式和方法，相當程度上繼軌前賢。譬如董著〈說明及凡例〉中說：「評點分為評語、眉批、圈點三部分。」「評語乃整體評論全書在立意、章法、用韻、修辭諸方面之表現，總論全詩得失。」「眉批則着眼於局部，就立意、章法、用韻、修辭等之未盡善處提供修改意見及說明理由。」「圈點分為兩種：『。』代表佳句，『、』代表次佳句。」如此這般

處理，可謂去古未遠。鍾著〈說明及凡例〉中所謂「評點主要從構思、結構、遣詞造句、聲律、技法、新意，乃至於時代感等不同角度鑑賞詩歌內容」，所謂「評語有的評論為主，有的評論加上圈點、批語」，基本上是董著法脈。不過同中始終有異，好像「新意」一語的提出，則是從純技法層面提升到作意層面去了。而鍾著第一首〈維港夜色〉評點者李耀章用三種而不是董著兩種旁點：小圓圈標示「佳句」，小空白三角形標示「未穩」，小全黑三角形標示「聲律待細」。

　　講詩論藝，增進詩識，無疑是提高寫作水平其中一種助力。當然多年來小圈子內交流討論，始終有所不足。所謂他山之石，要擴大對詩藝的識解，還得多聽其他人的意見才行。這本是淺顯道理，人所共知，所以我在二〇一四年向社友提及邀請名家時，大家即時凝聚共識：此後每隔四五個月，寫作暫停一次，改為舉辦「古典詩藝座談會」，邀請社內外名家主持。名家會上主講，講後聽眾提問請益。座談會以「詩藝」定名，我們希望講論主要環繞寫作上種種具體問題，跟一般詩歌學術研討會中論題相對廣泛有所不同。此外詩歌寫作旁衍的其他形式技藝，如詩鐘之類，大家同樣願意聆聽。

　　直到去年，我們有幸邀請到十位名家來座談會主講。社裏認真籌畫其事：全場錄音，由一或兩名社友依據錄音整理寫成文稿。名家的講話內容豐富，聚焦深入，固然極具學術價值；就是講後聽眾和講者的交流問答記錄也十分可觀。請益問題既具水平，名家則隨題指陳，探索轉深，多有超出講稿以外的論說；聽

眾於是再受教益。

本書是前五次座談會記錄稿,講者有聲學界,是著名學者;尤其難得的是,講者又是馳譽詩壇的名宿。他們的講話和回應都是創作實踐自身體會的心得、經過學術思辨後的整理、條分縷析地表達出來。言言實在,不屬憑空推想之辭,社友聽了,切實受用。然則朱少璋君編輯刊行此書,不僅對社中同人有幫助,也許對目前一些古典詩歌寫作不嚴謹風氣起南針作用。

座談會講稿成書,朱少璋君居功實多。早在選定記錄人手和安排錄音階段,他已負責打點了。璞社還存有後五次講稿,希望朱君不久也編印行世。朱君一向關注璞社活動資料的輯集出版事宜。我聽他說過:「文藝組織總要憑藉文字記錄自我表現。」真的,社員詩輯的《荊山玉屑》一二編由他帶頭編成示範,以後三編直至今天的七編,後進社友或在他指導之下、或參照一二編規模完成。他收集過社友寫的有關璞社的序跋成《天衣集》出版。此外又整理了二十來種不同主題的《璞社特刊》印本冊子在社內流通。他對詩社的貢獻方方面面,不過就算其他方面撇開不計,單憑編輯出版一事,已該大大記上一筆了。我因此不覺觸發聯想:我對璞社的創立雖說出過一點扶持微力,實際上璞社名聲所以日益為人所知,完全仗賴朱少璋君、董就雄君、鍾世傑君、各集《荊山玉屑》的編者以及積極梓行個人專集或數人合集、積極以詩社名義參與社會文藝活動的各位社員。他們做的種種具體工作展示出如我在文章開始時說的「活力充盈」的一面。活力外頭散發,就是產生正面影響力的重要原因。

序二

董就雄

　　自業師光希鄺先生結社浸園，扶輪雅道；時事從心而詠，風騷信步共親；漸播南皮之令名，倩助獅山之奇氣；於今已逾十八載矣。師又以為常借他山之石，能磨美玉之光。遂增設座談，廣邀俊侶。凡吟壇之巨擘，暨社內之脩樑。皆虛席誠邀，約論詩學；更留聲筆錄，期惠後生。今朱老師用校讎天祿之閒，裁稿成卷；以並駕石渠之識，輯講為書。付梓初編，定名談藝。功藏，命余作序。

　　余惟諸家之講論也，堪折五鹿之角，頗繼戴憑之風。或言體式之精嚴，或總觚翰之獨悟。如運針以通結，若燃犀而照磯。且看文匯教授之律究孤平，制言科舉。應試詩指要，首揭唐賢；聲調譜析微，下參清世。兼探聯語之格，旁及粵音之分。俱研探術藝數十年之得也。前輩既陳珍玉於先，朱師亦接雄談於後。古近辨體，長短緣情。列三唐之篇，時徵詩話；稽眾體之證，妙引紅樓。其論學之古，孰料其亦現代散文之大家也。及夫洪公思賢，經緯憶舊。縷述勸影榴花之句，條分澡雪秘笈之傳。兼苀履川，海藏修竹。莫不如數家珍，一一闡其法脈也。復有雲漢莫公回首詩衢，憶蹊徑之踔側帽，敍卷帙之集蹉跎。抱樸懷師，悠悠青歲；止菴寄興，耿耿幽襟。慕卓吾而葆童心，效樂天而寫民瘼。

誠創作心路之實錄也。至若陳公沚齋，親示吟誦之法，蘭甫庸齋；上指賦詩之途，去非無己。明仿古之效，文溯觀堂；道創格之艱，言援丹納。且復聲詮拗折，旨揭應酬。蓋亦夫子之自道，足以啟蒙發聵也。

余又聞夫良器成功，必賴師匠；而師匠傳藝，多聚高徒。此蓋璞社之宗旨焉。故茲書獎掖青年，名標過錄。嘉其整理洋洋萬字，辨音鍵字而忘餐；寂寂銀燈，下注追源而廢寢。而諸青年昔日之應允過錄講談，蓋亦樂夫先承方家之謦欬，得近樓臺；細窺碩學之殿堂，期能鑽仰。諸君由茲以識源流之有自，遂踐徑路而不迷，蓋亦可以推想焉。是以斯一編也，良可充後來者之南針矣。

獨念璞社為香江詩社之中堅，張學苑之崇幟，塾後進以厚階。標舉真新，倡言雅博。琳瑯之見並蓄，琬琰之美同雕。洵無意夫立異以取容，而一心於揚雅之能纘。若此者，信亦付《談藝錄》於棗梨之用心也乎。二〇二〇年十二月十六日董就雄序於香港聽車盧。

目錄

璞社古典詩藝座談會
（第一會）

日期：二〇一四年五月二十五日
講者：何文匯教授
講題：近體詩格律問題
過錄：劉奕航、黃榮杰

鄺健行教授： 何教授，各位師友，今天璞社全人很高興邀請到何
教授蒞臨璞社座談會。璞社成立逾十三年，詩友素
來每月遞交詩課，於詩聚相互討論，交流經驗，總
算避免閉門造車、獨學無友等弊病。就寫詩而論，
詩友之間的討論是有幫助的。話雖如此，終究只
屬小圈子交流。學習詩藝的過程和方法仍是有所不
足。有見及此，璞社決定邀請不同學者舉行座談
會，期望透過學者的演講來激發詩友詩思，豐富學
養。今天，我們非常榮幸邀請到何教授蒞臨指導，
相信各位詩友於會後必定深受教益。是次座談主題
為近體詩格律問題。何教授是這方面的專家。我曾
閱覽何教授的兩篇論文，分別為〈近體詩「孤平」雜
說〉及〈「一三五不論，二四六分明」雜說——兼論
近體詩拗句〉。當中論述精妙，令我十分佩服。希

1

望各位詩友細心聆聽何教授的講話，並在會後多發問，以增加對近體詩格律的認識。我在此代表璞社全人，向何教授致以最衷心的感謝。

何文匯教授：感謝鄺教授的讚美。我已不彈此調久矣。因為我已很少寫詩，也甚少做詩的研究。剛才鄺教授向我介紹璞社的壁報，作品體裁多樣，當中不乏古體和近體。寫近體詩而言，相信總需一套規則去遵從。公共圖書館自一九九一年開始舉辦「全港詩詞創作比賽」，單年比詩，雙年比詞。比詩方面，一定有特定的格律標準。這令我想起唐朝開元時代。那時候科舉須考詩的，以排律為體裁，共十二句。其時的考試規則至今已難以追查，但可透過梳理考試詩而統計出來，可惜有關作品較少，普遍作品已經失傳。無論是《文苑英華》、《登科記考》，所載試帖詩亦是寥寥不多。縱可翻閱《全唐詩》，但大部分所載的都並非考試詩。我以往做過一個考試詩的統計，當中有三種句式是考試詩所無的：第一種為「孤平」：「仄平仄仄平」；第二種為「三平」：「仄仄平平平」；第三種為「仄仄平仄平」。不過，在《全唐詩》之中，此等卻全都可見。由於此等句式主要在閒時寫作、唱酬或於民間創作時使用的，它們都帶有詩句實驗的性質。而在《中興間氣集》、《河嶽英靈集》等詩錄也不難找到這些形式。惟獨未能在考試詩中

找出有關形式。

「仄仄平仄平」

「仄仄平仄平」的句式，如孟浩然〈望洞庭湖贈張丞相〉：「八月湖水平，涵虛混太清。」當中的「八月湖水平」正是「仄仄平仄平」的句式。又〈歲暮歸南山〉：「北闕休上書，南山歸敝廬。」當中的「北闕休上書」同為「仄仄平仄平」的句式。不過，這種句式早被棄用。

「三平」：「仄仄平平平」

「三平」的句式應用則較「仄仄平仄平」的更為廣泛，尤其於初、盛唐之際，詩人抱持試驗的心態對句式反覆進行實驗。他們常將「仄仄仄平平」寫為「仄仄平平平」。另外，古體詩更經常出現「三平」的句式。然而，考試詩也是不見有的。

「孤平」

乾隆年間，李汝襄撰的《廣聲調譜》提及大量術語，指出「仄平仄仄平」的句式為「孤平」，並解釋「孤平為近體之大忌，以其不叶也」，因為他指出「孤平」與近體詩格式不叶。我相信他也是從唐代考試詩統計出來。在此之前，如趙執信的《聲調譜》同

樣提出避開運用「仄平仄仄平」的句式，他認為這種句式屬於古詩句，不宜套用於近體。而王士禎的《律詩定體》亦對「孤平」有清楚的說明，其中強調不得作「仄平仄仄平」和「仄仄仄平仄仄平」的句式，甚至連「平仄仄平仄仄平」的句式也不得用，但並未為這些句式定名。如果我們仔細研究清高宗乾隆皇帝的詩歌，「孤平」是經常出現的。這是因為他無須經歷科舉的緣故，況且無人敢對皇帝的詩歌加以批評，所以他的詩大可不受格律限制。

另外，雖然王士禎《律詩定體》提出不應用「孤平」形式，卻未指出如何避「孤平」。反而，趙執信的《聲調譜》確切提及避「孤平」的方法。他認為只要將「仄平仄仄平」中的第三字改為平聲，變成「仄平平仄平」即可。

對於「仄平仄仄平」句式的命名，則及至清代才出現。首先是李汝襄《廣聲調譜》稱「仄平仄仄平」為「孤平式」。及後又有董文煥的《聲調四譜圖說》歸納出「孤平」和「夾平」兩種，可套用於分析古體和近體詩。所謂「孤平」，即全句只有一個平聲；所謂「夾平」，即「單一平聲為兩仄所夾者為夾平」。由此可見，董文煥與李汝襄對「孤平」的觀點是有分歧的。迄今，我們仍然採用李汝襄「孤平」的理論。

「一三五不論，二四六分明」

王士禎的《律詩定體》除了說明避用「孤平」外，也反對「一三五不論，二四六分明」的說法。「一三五不論，二四六分明」乃由明朝弘治年間釋真空《篇韻貫珠集》所載的。及至明末清初，普遍人已不能辨出此說法的出處，卻群起批評「一三五不論，二四六分明」。直至清同治年間，董文煥承其師王軒之說，在《聲調四譜圖說》才認為此論是可取的。我也認為「一三五不論，二四六分明」本身並無問題，而且方便記誦，令初學寫詩者更易掌握其中竅門。

小結

無論如何，我認為在唐朝考試詩中是避免應用「仄仄平仄平」、「三平」和「孤平」的句式。而這三種格式在當時有否命名，則不得而知。及至清朝，學者的詩格研究是百花齊放的。他們多以文章討論詩格，以術語將不同句式定名，但當中的詩格理論仍有頗多漏洞。

鄺教授主持璞社詩課，相信也是嚴守近體詩的格律。我們今日寫詩甚至比唐朝人更為嚴格。因為近體詩格律發明於唐朝，唐人可謂發明者、試驗者。他們受「四聲八病」的影響，而嬗變出一套近體詩

格律，但唐朝的近體詩格律於民間創作上仍屬實驗性質。及至今日寫詩，我們的身分已非始創者或實驗者，故應嚴格遵守如舊時科舉考試要求的格律，甚或比之更臻嚴謹。

科舉制度與近體詩

唐朝人除了考試以外，日常寫詩都較為寬鬆，大可不受格律所限。清朝沿襲傳統，或可說比唐朝更為重視科舉。唐朝考試限寫排律十二句，清朝則為十六句，多了二韻。

在清朝時期，官話盛行。換言之，即北方話於當時是非常流行。可是，詩韻以唐宋音為主，接近南方發音。因此，當時人們為了考取功名，於是學習南方語言來幫助寫詩。我們可以推想，在明清之際，北方人為了做官須學習南方發音方式，以便寫詩；南方人則須學習官話，以便當官。南、北語言之融合，於此可見一斑。

不過，唐代民間創作的詩歌依然無須強自跟從格律原則，模式就像今天的新詩一般，不用依照規律而寫。或者於百多年後，新詩也可以整理出一套有系統的規則。然而，新詩並無經過科舉試的洗禮，故不會有嚴格的格式限制。又以對聯為例，對聯大體按照四六文或律句而演變過來。綜觀清代或以前，

對聯無須嚴格遵照四六文或律句的標準。對聯並無經歷科舉的洗禮，故於民間創作時，則無特定的創作原則了。這樣，我們不妨假設科舉，如不設詩歌考試，相信律詩的格式也是從寬即可的。

由於近體詩經歷過科舉制度，今日的近體詩格律才會變得如此嚴密。我的看法是，寧願寫詩從嚴，也不可因寫詩從寬而被人詬病。南方人畢竟較能掌握詩歌音律，故應從嚴對待格律。古時因科舉制度的關係，北方人不得不學習南方發音方式來幫助寫詩，但今日既然廢除科舉，他們或對格律從嚴的一套觀念感到不滿，而且北方人不容易分辨入聲，對於寫詩而言，有極大的障礙。由此可見，我認為南方和北方在詩歌發展上似乎出現了暗湧。正因如此，南方的詩歌發展似有式微的現象，正如鄺教授開首所言，古典詩歌創作已是「小圈子的交流」了。我今天的講話就到此為止吧！

鄺健行教授：謝謝何教授的講話。這次舉行的形式是座談會，何教授的講話希望能作為引端，啟發詩友思考，並從中多點提問、發言。雖然何教授講話時間不長，但內容豐富，值得深思的地方也有很多。譬如說，研究聲律時，今人多於《全唐詩》做研究，但何教授則從科舉的考試詩入手，更能看出在考試要求下的聲律應用。我認為這做法是值得關注，純粹以《全

唐詩》作為研究材料的基礎是不足夠的。除此以
外，其實還有很多內容值得討論，但我希望讓各位
詩友先行發問，然後再仔細討論。

從聯作看律句與四六句格式

董就雄教授：想向何先生請教，你剛才講到律聯和四六文，還有
一種叫「馬蹄韻」，它們有何分野？想你先指教一下
聯的兩種情況。

何文匯教授：其實律聯很簡單，譬如說上聯是「平平仄仄」，下聯
便是「仄仄平平」，這是四六文常用的。又如上聯
是「平平平仄仄」，下聯以「仄仄仄平平」為佳。比
如上聯是「仄仄平平，仄仄平平平仄仄」，下聯便是
「平平仄仄，平平仄仄仄平平」。或者上聯是「仄仄
平平，仄仄平平，仄仄平平平仄仄」，下聯便作「平
平仄仄，平平仄仄，平平仄仄仄平平」。

這些規則裏面體現甚麼？「四（字），六（字）」，便
是四六文。「五（字），七（字）」，便是律句，中間
還要「黏對」。我剛才之所以說「仄仄平平」，然後
又「仄仄平平」，如果從律和「四六」格式上來看，
「黏對」是少不了。

假設我不喜歡上述的格式，換成「平平仄仄，仄仄
平平，仄仄平平平仄仄」，下聯便是「仄仄平平，
平平仄仄，平平仄仄仄平平」，亦無不可，官府無

限定；但第一句與第二句便黏不上了，但我們要知道，即使律詩也有「失黏」的例子。但再看下去，原來有兩個平聲，而且很相近、很密，隔句便是了。但那兩個平聲不押韻，如果押韻就更加離奇，因為這是單句。

所以從一般的推理（不是規則）來看，如果寫作律聯的話，只可以依四六文和律句，還要合乎「黏對」。如果再向上推，以我剛才所講的「仄仄平平，仄仄平平，仄仄平平平仄仄」為例，隨你所喜，增兩字作六個字也可，增一句也可；那句理應作「平平仄仄」，以合乎「黏對」。再對下聯，如果聯有四句，第一句要平聲收結，第二句仄聲收結，第三句仄聲收結，那第四句便是平聲收結，至少隔了兩句再有平聲在句尾出現。律聯最關重要是避免撞平聲，句尾的平聲字「不要猛撞」，加上這麼接近，便不好聽。

話得說回來，對聯長就無當，長聯最嚇怕人，因為意思少不免重複；你要對仗，你要硬塞一些字上去。我認為對聯不宜太長，我想充其量四句。我寫對聯，一般三句為限。

董就雄教授：換言之，跟駢體（駢文）和跟律聯是同一個規矩？

何文匯教授：如果只有一句，隨便跟上述其中一種。

四六句格式：荔枝角公園正門對聯

不如用我的拙作解說吧，這裏（《文匯文選》）正好有。荔枝角公園正門有我一副對聯。上聯為「謝客來乎？有春草新塘，鳴禽翠柳」。謝客，即謝靈運。多謝你要我舉例，我還有一方面沒提到，就是領字和襯字。寫對聯和寫四六文一樣，有襯字，那些不計算。

「落霞與孤鶩齊飛，秋水共長天一色」（王勃〈滕王閣序〉），「與」字和「共」字不計算，只論「落霞孤鶩齊飛，秋水長天一色」。中間的領字、襯字不計算在內。我這副對聯也用了領字。下聯為「楊妃往矣！想薰風古道，飛騎紅塵」。楊妃，即楊貴妃。我用了四六文，即你所說的駢文的句式。「謝客來乎」，「仄仄平平」；「春草新塘」，「仄仄平平」（一三不論），「有」字不計算；「鳴禽翠柳」，就是「平平仄仄」。即是說，我上聯是「仄仄平平，仄仄平平，平平仄仄」。下聯「楊妃往矣」，「平平仄仄」；「薰風古道」，「平平仄仄」；「飛騎紅塵」，「仄仄平平」（一三不論）。

這副對聯隱括了甚麼呢？「園」和「荔枝」（將「荔枝角公園」幾字分嵌兩聯）。「謝客來乎」，是說：「謝靈運，你來不來啊？」這裏「有春草新塘，鳴禽翠柳」，化用謝靈運的〈登池上樓〉：「池塘生春草，

園柳變鳴禽」，隱了個「園」字。「楊妃往矣」，「楊貴妃都過去了，不過還是想着薰風古道，飛騎紅塵」。荔枝夏天熟，夏天就有薰風。古道，即長安古道。人所皆知，楊貴妃愛吃荔枝。荔枝未熟就即摘，飛馬去長安，通常一去到長安，馬已經死了，口吐白沫。荔枝此時剛剛熟，楊貴妃就非常開心。杜牧因而有「一騎紅塵妃子笑，無人知是荔枝來」（〈過華清宮〉）。我的下聯正正隱括了「荔枝」二字。隱括甚麼，這是意念上的技巧；而在格律上，這副聯是「四六」，因為我沒有單數句。

七言律句格式：荔枝角公園小亭對聯

至於剛才你所説，甚麼情況下不跟呢？（展示《文匯文選》。）從這個入口走幾步，便見到個小亭，你去到荔枝角公園便見到。亭上有副對聯，也是我寫的，很簡單的。「幸有小亭能礙日」，「阻礙」的「礙」。這是仿照秦觀的〈望海潮〉：「西園夜飲鳴笳。有華燈礙月，飛蓋妨花。」我那句「幸有小亭能礙日」，是説你可以在那裏遮日頭（避陽光）。下聯為「豈無高手與爭棋」，提到下棋。正門的對聯，我找黃兆顯題寫，非常漂亮的字。黃兆顯書法精湛，我不能及。對聯的單句我就寫到，好像「豈無高手與爭棋」。

　　　　　這些完全是律詩（格律詩）的格式。「幸有小亭能礙

　　　　　日」，「仄仄平平平仄仄」，下聯作「平平仄仄仄平

　　　　　平」，就是這麼簡單。

董就雄教授：寫得好。當時也有些人在下棋。

何文匯教授：有。沒人也要當作有，我寫的時候沒有見過人下

　　　　　棋。

董就雄教授：你寫了對聯之後便有人下棋了。

何文匯教授：逼他們下棋吧。

董就雄教授：你還有哪些最喜愛的作品？

何文匯教授：很難說喜愛與否。（展示《文匯文選》。）這裏有五副

　　　　　楹聯，都是我作的，我相信在座的陳芷珊小時候便

　　　　　知道了。楹聯是一九八七年刻在沙田中央公園（今

　　　　　名「沙田公園」）的正門，現今還在。當局刻了上

　　　　　去，不夠兩年便被塗花了。自此之後，他們便用膠

　　　　　片蓋住，直至今日發霉了，還在，沒有人理了。

　　　　　現在變了談對聯，沒問題吧？

鄺健行教授：沒問題，也是關乎詩律的。

四六句加七言律句格式：沙田公園正門對聯

何文匯教授：我的上聯為「一水東流，兩岸都成新市鎮」，很簡

　　　　　單的。下聯為「眾山環抱，四時猶帶舊風情」。這

　　　　　是一九八七年寫的。上聯開首「仄仄平平」，這是

　　　　　「四六」的格式；第二句是「仄仄平平平仄仄」。下

12

聯開首是「平平仄仄」，「眾山環抱」；第二句是「平平仄仄仄平平」。這個組合便是「四六」和律句，律聯一般都是這樣。如果好像詩句七字七字那樣寫出來，那不如寫詩算了。

五言律句格式：沙田公園內對聯

有一副聯就在公園裏面，很簡單的，老遠都會見到：「飛泉寒浸日，垂柳靜生塵。」裏面有些柳樹，因而有「垂柳靜生塵」一句。但後來柳樹死了，康文署便立刻再種柳樹，因為要配合「垂柳靜生塵」。那裏本身難種柳樹，康文署種了，還是會死。這是一九八七年寫的。我寫「飛泉寒浸日」，是因為裏面有個人工瀑布。「垂柳靜生塵」，當時《成報》的總編叫韓中旋，現在我們每個月還會飯敍。他現在八十歲了。韓中旋用筆名撰文，指這副對聯十足是九七年後的寫照。「飛泉寒浸日，垂柳靜生塵」，九七年後就是這樣子了。當然不是了，現在很熱鬧吧。

這樣寫完全是律詩（格律詩）的格式。

四六句加五、七言律句格式：
九龍寨城公園衙門對聯

還有一副是「四六」加律句的格式，九龍寨城公園衙門的聯。

黃榮杰詩友：「西母」那副？

何文匯教授：對，「西母」那副。二〇〇四年刻上去的。題寫的人很厲害，他是翟仕堯，過身了，字很漂亮。此對聯涵蓋了一些歷史，比較深奧。對聯理應淺白，太深的話，人們便不知所云。上聯是「西母不能臣，域外龍兒，幽恨敢隨孤夢去」。「不能臣」，不能臣服他的意思。「龍兒」，龍的兒子、小龍。

以前的九龍寨城，是唯一不屬於英國的地方，香港政府亦管不了它。裏面亂狀頻生，環境惡劣，黃賭毒為患，但是政府無能為力。清朝的官員來港，真的會走去九龍寨城歇腳，因為他們視之為中國的地方，唯一屬於中國的地方。全香港、九龍、新界，就只有九龍寨城（當時叫「九龍城寨」）。

「西母不能臣」，西母，即西王母，這裏比喻維多利亞女王，她是臣服不了寨城的。當時九龍寨城是「域外龍兒」。「域外」是指香港、九龍、新界，當時不是中國的一部分；但九龍寨城卻是中國的一部分，所以有「域外龍兒」的說法。「孤夢」，就是一個人做夢，很孤單。現在不同了，我寫的時候，香港回歸了很久，孤夢已去，有夢不孤了。杜牧詩「恨身隨夢去，春態逐雲來」。孤夢去了，而幽恨又是否容易去掉？「幽恨感隨孤夢去？」這是個問句。國愁家恨，即使回歸了，也難以忘卻。

上聯是「仄仄仄平平」，律句；然後是「仄仄平平」，四六句；再接「仄仄平平平仄仄」律句。

下聯為「離人應已老，村中燕子，多情還覓故城來」。「離人」，「離開」的「離」。「離人應已老」，是說在回歸前，英國政府與中國有共識，九龍寨城太不堪了，要全盤清拆。清拆前，那裏的民居要遷徙，歷時十年。到現在，離人都老了吧。大家看看，寨城對面便是東頭邨。「村中燕子，多情還覓故城來」，那些燕子多情的，還在飛來飛去。而舊城在哪裏呢？不復存了。

下聯是「平平仄仄，平平仄仄，平平仄仄仄平平」。頭兩句「黏對」跟「四六」，最後一句跟律詩。

談到技巧，順便提一提「借對」。對聯也好，詩也好，偶會用到「借對」，純粹貪求過癮。上聯的「西母不能臣」與下聯的「離人應已老」，兩句中的「西」字、「離」字便運用了「借對」。「離」是八卦之一，「南方之卦也」；「離」即是「南」，故有「南離」之語。所以，「離」對「西」，即是「南」對「西」。這種是為「借對」。至於「燕子」對「龍兒」，是常見的對法。

我旨在談一談對聯，對聯很值得玩味。但對聯不宜太長，長聯沒有價值，我認為三句便足夠；兩句適合，一句就略嫌短。上聯有兩句，是標準；三句還

可；四句就勉勉強強。再弄到五句、六句，人們難以記得。跟詩不同，詩容易記住，而聯記不到，所以不能太長。

教育、考試、比賽與詩詞的興廢

李耀章詩友：剛才何先生提到現在沒有科舉考試，作詩詞也無用。若然香港的教育，鼓勵作詩詞，甚至定為考試必修，反而有救？

何文匯教授：你對着我說，第一，我已經無權無勇。第二，走回去（復興詩詞），會給很多人罵。現在你會作詩，是「古老」。如果你是一個政府公務員，你是 AO（政務主任），你說「我會作詩」，你就等死了。你一定是「古老人」，我不升你職了。你一定思想古老，甚麼都古老。現在我們一講到作詩填詞的，要很小心。你作「歪詩」，無不可；如果寫到格律很嚴謹，對你的仕途可能有影響。

還有一回事，鄺先生（鄺健行教授）做過評判，他「夠鐘」便退下來了。我常說要退，康文署就不放人，因為（詩詞比賽）是你搞出來的，你退不了。而今年開始有新做法，如果你參了賽，會見到今年（比賽章程）沒有評判的名字。這是為了掩護我，我要人們習慣事前不知道評判的名字，不用盯着何文匯是不是評判。這是真的，今年康文署開始這樣

做，不公佈評判的名字，只寫明「學者擔任」便可。至於公開組和學生組，我今年只看學生組，我想知道其他同事看公開組那邊，有沒有人投訴；如果沒人投訴，我便可以全身而退了。同時，賽方可以引進一些年輕的去做學生組的評判，我用心良苦吧。其實我是想退下來的，不過難以抽身。現在是第一步，先沒有評判名字，之後才揭曉。到頒獎的時候，原來何文匯是學生組的評判，老人家便會想，原來沒有評到我。再看看有沒有投訴？沒有吧，原來也很公平。換言之，我不需要留下來了。

正因為我現在還在看這些詩詞比賽，我發覺近一、兩年，嘩，(學生組參賽者) 水平低。所以，你的學生，也就是我的學生，很多當了校長、做了科主任，把這段時期稱作「十年浩劫」。我不知道你們聽過沒有？不用唸書，沒有範文，他們 (學生) 的水平低到極。你想再拉高一些，難極。你說要他們作詩，他們寧願跳海，已經沒可能了。現在低到不堪設想。

你們這些小圈子兼稀有動物。(詩詞比賽) 偶有小圈子兼稀有動物。參賽的，有老師教，或父兄教，要這樣。他們就是「域外龍兒」(詳見上「九龍寨城公園對聯」的部分)，被視為「奇怪」的。他們做學術還可，做政府會被取笑。所以，現在要走回去 (復

興詩詞），難極；你說要當科舉，你不知道要害誰了。沒有人願意的，政府沒人敢提了。

現在補回幾篇文章唸一下，佔的分數都少，不敢多，還要逐步逐步進逼，其實是很難。你可以看到，日後那個詩詞比賽，可能越來越少人參加。人們作詩詞不懂，分平仄也不懂。還有，不唸書，你的腦袋便空空如也。大了才唸，太遲了。

我們這一輩是小時候唸書的，小時候唸完也不會解的。我光是「雲鬢花顏金步搖」，很久都不會解。「芙蓉帳暖度春宵」，我倒會解。「金步搖」，我不知道原來是插在頭上，搖來搖去的首飾。以前的老師、補習老師純粹要你唸，唸完了，他們都不會給你講解。可能他也不懂。但唸了反正有用，唸了的話，開車可以想一下，平時睡不着又可以想一下。你漸漸會醞釀、發酵，創作便是這樣而來的。但你腦中空無一物，不用唸書，（公開考試）靠邏輯推理，這是取巧而已。如是者，更無從作詩詞了。

你的提議很好，但沒有人敢做。或者你日後可以在教育當局謀一官半職，你可以推動一下。現在很難，一旦沒有了科舉，很多東西變了。現在國家提倡「科教興國」，不談「詩詞興國」，詩詞是可以廢的。所以，形勢是這樣，但要看開一點。

粵語不斷受普通話影響

人們常說要維護粵語，不讓國語入侵之類的。我從來不就這個問題接受記者訪問，你有否見過我談這些？我沒有。我說，你要問，找黃耀堃（教授）吧。

鄺健行教授： 不用説，都知道你維護粵語吧。

何文匯教授： 我要看他們維護甚麼粵語，關鍵的是，他們所指的粵語是粗口（粗話）；還有，你説甚麼音都可以，不需要讀準音，不需要讀正字。那樣的，我不會開聲。

「桿」

事實上，我們一早被國語（普通話）入侵了。你看無綫的新聞，「大腸桿 [gɔn²] 菌」，你們聽過沒有？聽過這個詞沒有？我們已經有很多字被普通話影響，我們渾然不覺，還在維護甚麼粵語呢？只因我們在不懂查字典。一個「大腸桿 [gɔn²] 菌」可以考起你了，那個明明是個「桿」[gɔn¹] 字，為何讀「趕」[gɔn²]？正因為黃錫凌的《粵音韻彙》讀「趕」[gɔn²]。黃錫凌的《粵音韻彙》為何讀「趕」[gɔn²]？因為他那是用來教北方人學廣東話的講義。而北方人讀「桿」字，一律用口語變調讀「趕」[gɔn²] 的。正如我們將「荷蘭」[lan⁴] 讀成「荷蘭」[lan¹]，你會不會讀回「荷蘭」[lan⁴]？當然不會。但是北方話會否

跟你讀「荷蘭」[lan¹] 呢？當然不會，也不應該，因為每個方言有各自的口語變調，雖然都是變陰平和變上，這是一定的。

「桿」字，國語一律作口語變調。「筆桿」（bǐgǎn），不會讀「筆乾 [gɔn¹]」，是讀「筆趕 [gɔn²]」的。「你打多少桿」，都是 gǎn。凡是「桿」就讀「趕」[gɔn²] 的。這是口語變調，沒有（北方）人要你跟的。無綫竟然要跟他們讀「大腸桿 [gɔn²] 菌」，但是打高爾夫球，又説「低多少桿 [gɔn¹]」，這豈不是自掌嘴巴？你應該是「低多少桿 [gɔn²]」吧？筆桿（趕 [gɔn²]）也是這樣讀嘛。無綫選擇性去做。黃錫凌連累了他們，但是他們不懂分辨，以為「桿」真的讀「趕」[gɔn²]，這便是無知。

「朝鮮」

我們的粵語讀音是在不斷被國語（普通話）蠶食。我很擔心開收音機、看電視，突然「朝鮮 [sin¹]」就會變成「潮冼」[tsiu⁴ sin²]，因為在普通話裏面，是清一色讀「潮冼」[tsiu⁴ sin²] 的。那個是口語變調，變上聲。我們沒必要跟他們的。我們看古書，「朝鮮」這個詞只有兩個讀法，一個是「潮先」[tsiu⁴ sin¹]，一個是「焦先」[dziu1 sin¹]。那個「鮮」字從來沒有人説要讀「冼」[sin²] 的。但如果你説，要學

國語（普通話），好的你不去學，口語變調你卻全盤吸收，日後播音員突然讀「潮洗」[tsiu⁴ sin²]，那樣，我就知道又玩完了。

董就雄教授：「朝」讀「潮」[tsiu⁴]正確，還是「焦」[dziu¹]較正確？還是兩者皆可。

何文匯教授：古書上兩者皆有，若要跟古書，兩個讀音都可以，但現在慣讀「潮先」[tsiu⁴ sin¹]。

「藉口」

國語（普通話）是一直侵食粵語讀音，大家不知道而已，因為沒理會它。譬如「藉 [dzik⁹] 口」，「藉」[dzik⁹]字（簡體字）一律寫作「借」，國語（普通話）當然讀「借」了。我們查字典，這個字只有兩個音，一個是「直」[dzik⁹]，一個是「多謝」的「謝」[dzɛ⁶]。「謝」[dzɛ⁶]和「借」[dzɛ³]其實相差很少，不過有陰陽之分。如果你讀「借」[dzɛ³]，便是陰聲；你讀「謝」[dzɛ⁶]，便是陽聲。這方面很多人都會混淆。譬如「洛陽」中的「洛」，你可以讀「落」[lɔk⁹]和[lɔk⁸]，「落」[lɔk⁹]是陽入聲，[lɔk⁸]是中入聲，已經有陰陽之分。

這種混亂有很多，若然你說讀「藉口」（借 [dzɛ³] 口）可不可以？不是說不可以，不過陰陽混亂了，你是給簡體字騷擾了，你是聽國語（普通話）而影響了。

否則，早期葉振棠為何唱「找不着藉（直[dzik⁹]）口」，而不是「找不着「借」[dzɛ³] 口」呢？因為這個字的讀音當時未被騷擾。受騷擾的是無綫。無綫是大阿哥，他們一説，有綫、亞視便會仿效。大家不會查字典那麼神心，而是先看看無綫説甚麼，有樣學樣。

小結

我們的粵語讀音往往受國語（普通話）影響，而自己懵然不知。長此下去，我們所謂的粵音根本已經「危危乎」（岌岌可危），你還「撐」（支持）甚麼？字典不會查，就只會説撐，那麼你撐的，就只有俗語和粗口（粗話），意義便不大了。

南方人作格律詩

北方人最忌作律詩（格律詩）這回事，「你考起我了」。你（鄺健行教授）同事陳致（教授），他會作，他是借助南方的話，雖然他不讀出來，但他知道。（説普通話的人）總要靠這些東西（南方的話）幫助，如果光靠普通話是沒可能作出來；除非是學一些南方的音才可以作，但這樣變得不切實際。不切實際的事，還要做？

因為我們與生俱來就是説這些話，容易作，我們便

作，僅此而已。我們別期望北方會欣賞你作的那首詩，他們根本讀不通那套格律。

這是小圈子，鄺先生（鄺健行教授）說得對，而且越來越萎縮，除非你改變了它。你（李耀章）現在做甚麼工作？

李耀章詩友：教書。

何文匯教授：其實教書也有影響力。

黃棨杰詩友：影響不了。

何文匯教授：影響不了？

黃棨杰詩友：學生懶得聽你，也不想學，甚或學不到。

李耀章詩友：經常轉工，（新入職教師）全部是合約制，職位坐不穩，亦輪不到自己有表現。

何文匯教授：這樣子，對，這是現實。

現今作詩需注意的格式

陳冠健詩友：剛才提到的「夾平」，其實需要「救」嗎？譬如「仄仄平平仄」，寫成「仄仄仄平仄」這種句式，需要「救」嗎？

何文匯教授：你一看古人的作品，便會知道不一定去「救」；雖然清朝人寫的詩格，有些說需要「救」。但你（清朝人）說沒用，唐朝人、宋朝人都不一定「救」。「救」當然最好，「仄仄仄平仄，平平平仄平」自然最穩妥；但假設作「仄仄仄平仄，平平仄仄平」，翻看前人的

作品，比比皆是，我相信就算翻看省試詩也有。那些情況不需要太斤斤計較。

鄺健行教授：這個「孤平」，依何老師，何文匯教授講只有一個可能性？

何文匯教授：只有一個可能性。

鄺健行教授：譬如「仄平仄仄仄平仄」，算不算是「孤平」？

何文匯教授：「仄仄仄平仄」，如果用董文煥之說則稱作「夾平」，在他們來看，也是一種「拗」，還是要「救」。但現實是，唐人寫詩、宋人寫詩，就不一定要「救」。換言之，觀乎唐詩、宋詩，一樣找到不少「仄仄仄平仄，平平仄仄平」的用例，事實如此。所以，你喜歡平仄諧叶，固然最好，但此舉並非必然。

陳冠健詩友：科舉考試的詩又如何？

何文匯教授：科舉考試的詩，從我自己整理的來看，似乎也有。須知道我現在連自己的文章也有點陌生，我後來找出來，只有三方面不見於科舉考試的詩。一是沒有「孤平」，即「仄平仄仄平」；二是沒有「下三平」，即「仄仄平平平」；三是沒有仄聲入韻句的「三四互調」，即「仄仄平仄平」。就是這樣，只有這三種不見。

董就雄教授：除此之外，其他格式都有？

何文匯教授：其他都有。

鄺健行教授：換言之，我們現在作詩，除了上述三種要特別注意

以外，其他的都可以？

何文匯教授：對的。

鄺健行教授：即是説「仄仄仄」（下三仄）也可以？

何文匯教授：可以。

董就雄教授：全港詩詞創作比賽容許「仄仄仄」？

何文匯教授：容許，絕對容許。全港詩詞創作比賽，「孤平」和「三平」一定用不得，賽例清楚寫明。

至於「仄仄平仄平」，老早人們都不會寫；之所以不用，可能太似「孤平」，連唐朝科舉也不用；我們亦假設了一直沒有人用。而「仄仄平仄平」事實上押韻句一定「吃重」，不押韻句則靈活得多。孟浩然常斟酌於此，寫了若干「仄仄平仄平」的詩句，其實跟從他的人甚少，所以我們（賽方）也犯不着提及，而知之者亦甚少。即使真的提及「仄仄平仄平」，亦沒人這樣寫。

而我們平日寫詩，第一，如果真的要鄺先生（鄺健行教授）看的話，你當然要避「孤平」、要避「三平」，你當作科舉那樣做。其他格式，則靈活得多。

鄺健行教授：甚至「仄仄仄平仄」都不需要「救」？

何文匯教授：對，因為「仄仄仄平仄」並非用韻句。

董就雄教授：但在下句第三個字「救」的，也不乏例子。

何文匯教授：我們不可稱之為「救」，因為此舉並非必然，上句和下句是要分開處理的。

譬如上句是「仄仄仄平平」，下句隨你作「平平仄仄平」、作「平平平仄平」，還是作「仄平平仄平」；不過用「仄平仄仄平」就危險了，因為這犯了「孤平」。下句與上句的「仄仄仄平仄」沒有必然的對應，換言之，你喜愛在下句多寫一個平聲也可，在下句用傳統的版式也可。「仄仄仄平仄」，少了一個平聲，雖然很少人這樣寫，但事實上是有人這樣用；有例子，則視之可以。但不是每人都喜愛這種格式，有些喜歡平仄諧叶。你不可能強而為之，除非你無字可用。一般上句還是用「仄仄平平仄」。

還有一些要求。不同人寫的詩格，説法紛紜。譬如「仄仄仄平仄」，看似不穩；但「平仄仄平仄」，有論者則視之穩妥，因為多了一個平聲在前，他們以為較「和諧」。董文煥稱之為「夾平」，但弔詭的是，其説中的「夾平」和「孤平」不一定是貶義。他的説法較含混。李汝襄一説中的「孤平」，絕對是貶義，近體詩的大忌，講得清清楚楚。董文煥稱之為「夾平」，而非「孤平」，但同樣是指「仄平仄仄平」。趙執信則謂「古詩句而已」。

從這些來看，我們作近體詩，依版式自當沒問題，句中的第一個字，除了「仄平仄仄平」外，隨你調換（可平可仄）。

還有一些是「拗句」，有些人喜歡「表現」，而用「拗

句」，諸如「平平仄平仄」。又如上句作「仄仄仄仄仄」，下句作「平平平仄平」，是為「拗救」。這些俱可。

古句則不妥。何謂古句？「仄平仄仄平」就是古句。為何前人避「仄平仄仄平」？無從稽考。可能是這種格式太「弱」？太「醜」？甚或太「響」？不得而知。照理來說，不會是太「響」，因為少了一個平聲。可能「拗」了，以當時的讀音來看，覺得「醜」。

古詩你寫甚麼格式都可以，不諧協更有老樹盤根的感覺，但這些句式用在律詩當中則不相襯。

話說回來，科舉的詩，從我手頭上有限的例子來看，真的沒有「仄平仄仄平」，可見古人刻意避之。

董就雄教授：到底為何？

何文匯教授：如前所述，可能前人覺得「醜」。

董就雄教授：覺得「醜」？

何文匯教授：因為律詩講求美，平仄要諧叶，要相襯。

董就雄教授：要均勻那樣。

何文匯教授：古詩怎樣寫都可以，沒有人會異議，隨你所喜。「三平」是古體詩的「專利」，所以近體詩避用，對不對？因為太「響」，「霸氣」太盛，不要用。這些法則，在唐代一一形成，因為科舉使然。科舉考試沒有規矩，如何評定你？這些都成了定制，跟着寫便可。

時至今日，我們在民間寫詩，如果犯了這些禁忌，人們便會說你不懂，你當然要避嫌。很多大師，說實話，有名的也常用「仄平仄仄平」來寫，因為他們不覺得是一回事，自己也這樣寫出來。

董就雄教授：不如跟後學談一下，全港詩詞創作比賽評審時有甚麼標準？他們怎樣寫，才是一首比較好的詩？

何文匯教授：這有點難說。鄺教授很喜歡有新意，喜歡參賽者寫現代事物，譬如你寫「錄音機」，前提是要寫得好；寫得不好，則另當別論。而有些評判喜愛古雅、古典，所以每位評判的看法不同。而你這麼問，我很難回答，亦不敢回答，因為一來這是「天機」，不可洩漏；二來為何要有幾位評判，正因為彼此愛好不同，談論下去自然會談出道理來。

所以，我今天是來談格律。但你不合格律，便沒有談論的餘地。你不懂、你不合規律，便無法談下去。你合了規律，便看你的題材、看你的內容、看你的技巧。那些作品談論下去，自然會取得共識。這是必然的，因為好歸好，差歸差，幾個人（評判）當中是可以有共識的。而我當了二十多年評判，從來沒有解決不了的問題，因為每位評判都是作詩填詞的。但你若然不合格律，便沒法子了。

鄺健行教授：有關「響」和「啞」，在你的大作（《文匯文選》）裏面提到。那麼甚麼時候是「響」？又何謂聲「啞」？

何文匯教授：前人一般視平聲為「響」，其他（上、去、入三聲）
則為「啞」。

所以，「三平」特別有氣勢，為古體詩所獨用，而近
體詩避用。譬如韓愈那句，我不知向陳芷珊提過多
少次，「五嶽祭秩皆三公，四方環鎮嵩當中」，「三
平」接連撞擊，極具氣勢。就算用不了「三平」，韓
愈亦會用「平仄平」。

要注意，近體詩可以用「平仄平」；「三平」則要避
用，這種格式也不見於科舉。

鄺健行教授：各位詩友，自己在寫作的過程碰到的問題、切身的
感受，談論一下就最好。

何文匯教授：不過，我們現在都是針對格律而論。我看不到他們
格律會有問題，在你的指導下沒理由會錯格律的。
是次談的都是一些訣竅，平仄上的分配。

董就雄教授：五律和七律的定體，何先生認為是始於何時？唐代
五律、七律的形成，大概發生於何時？

何文匯教授：唐之前已經有雛形，只不過科舉以前，我們還是會
見到一些後世所謂「失黏」、「失對」的句，在當時
來說，無傷大雅。「黏對」這些版式，考試一推行，
便要拿來向考生宣佈。

董就雄教授：也就是考試形成之時？

何文匯教授：開元一定形成了，因為開元開始考，唐玄宗時開始
考。

剛才説起「仄仄仄平仄，平平平仄平」，這種特殊
句式的安排，上句與下句無必然關係。比如，「復
值接輿醉，狂歌五柳前」（王維〈輞川閒居贈裴秀才
迪〉），上句作「仄仄仄平仄」，配以下句「平平仄仄
平」最正常的組合；不需要「救」這回事。

又如，上句作「古木無人徑」，「仄仄平平仄」，很標
準，無問題。下句「深山何處鐘」就多了個平聲，
「平平平仄平」。（以上王維〈過香積寺〉）換言之，
上句、下句無必然關係，隨你所喜。

譬如，「曲徑通幽處」無問題，下句「禪房花木深」，
他喜歡多個「花」字用平聲。而「萬籟此都寂」，「仄
仄仄平仄」。下句作「但餘鐘磬音」，第三字用平聲
避免孤平。（以上俱見常建〈題破山寺後禪院〉）

在清朝人而言，分「拗」與「救」。清朝人用「拗」泛
濫，他們將版式以外，總之平仄不同的，都稱為
「拗」。（這個我不相信是唐朝人的看法，有些位置
實則可平可仄。）正因這樣，清朝人以為有「拗」就
要「救」。其實有些根本不能用「拗」來形容，又何
「救」之有？

以「仄仄仄平仄」為例，「此地一為別」無人不曉，
「仄仄仄平仄」。下句「孤蓬萬里征」，看不出有
「救」；「救」不到，也不需要「救」。（以上李白〈送
友人〉）所以，上、下句可分開處理。

鄺健行教授：具體的「拗句」，我們可否有一個準則，一看便知其為「拗句」？

何文匯教授：「拗」當然是撞平聲而言。現在最常見、最常用的「拗句」只有兩種。

一種是公認的，可稱為「單拗」，即是「平平平仄仄」，寫作「平平仄平仄」，在科舉詩、應制詩、平時寫的詩中多的是。將「平平平仄仄」變成「平平仄平仄」，這是因為第四個字是仄聲，我們放了個平聲進去，於是在第三個字的位置補回仄聲。這種平仄對調，是為「單拗」。

而另一種最常用，考試亦可用的，就是「仄仄平平仄，平平仄仄平」，變成「仄仄仄仄仄，平平平仄平」。譬如，「向晚意不適」，「仄仄仄仄仄」。下句「驅車登古原」，用「登」字去「救」。（以上李商隱〈登樂遊園〉）而上句「仄仄平平仄」，寫作「仄仄仄平仄」也無不可。若然你連「仄仄仄平仄」都不肯用，連唯一的平聲字都拿走，變成「仄仄仄仄仄」；那麼你要在下句的第三個字補回一個平聲，始為妥當。

當然，試驗期間，觀乎《全唐詩》，尤其是早期作品，不太拘泥於上述法則。上句第四個字變了仄聲，下句照用正常的平仄組合而不「救」。因為這些還在試驗期間。

到了後期，科舉考試推行，才出現了「仄仄仄仄仄，平平平仄平」的格式，人們沿用之。

現在我們寫所謂「拗句」，其實只有這兩種。至於「八月湖水平」（孟浩然〈望洞庭湖贈張丞相〉）那種，「仄仄平仄平」，很早已沒人用，因為押韻句要特別小心，不可以亂來。

歷來所謂「一三五不論，二四六分明」，不押韻句確實完全不論的；只有押韻句才嚴謹。而「犯孤平」也是就押韻句而論的。單數句不押韻，輕輕帶過便可，讀詩也如是，不是「吃重」的位置；反之，押韻句才「吃重」。「犯孤平」、「下三平」都是這樣來的。

董文煥則分「中三平」和「下三平」。「仄平平平仄」，是為「中三平」。「仄仄平平平」，稱為「下三平」。這兩種都要避開，而避「下三平」則因為押韻。

董就雄教授：「驅車登古原」中，「驅」字改為仄聲，「仄平平仄平」如何？

何文匯教授：可。清朝人寫詩格常言，第三個字落了平，第一個字用仄，便沒問題。這是大家接受的。其實這些不過是統計出來，翻看唐人詩也是這樣。總之第三個字用了平聲，已經避了「孤平」，因為第二、三個字都是平，第一個字反而可平可仄。

鄺健行教授：王力似乎説過「平平平仄仄」，可以寫成「平平仄平

仄」，變成了第五種句式、常見句式，有此事否？

何文匯教授：對，王力提過。不過，王力往往用類似「12AB」那樣的（詩學術語），難以記住。

總之，「平平仄平仄」，據前人的推敲，比比皆是；而且在唐以前也差不多是定式，甚至不能稱之為「拗句」，乃歷史遺留下來的形式。若然以版式審視之，則屬「拗句」，因為撞了平仄，僅此而已。

「平平仄平仄」沿用至今，也無問題。而我們稱之為「單拗」，是為了方便理解。你用「1A」、「2B」之類，簡直白費唇舌。

王力的《漢語詩律學》，越看就越亂。王力實際上也是靠他的學生，學生有時找材料不甚認真。王力講「犯孤平」，不過他在《漢語詩律學》並沒提及「犯孤平」的來歷。他在《漢語詩律學》提到，我們找遍全本《全唐詩》，「孤平」僅有數例，約莫三個。其實何止三個？還有很多，只是學生隨便找幾例「充數」而已。王力當然有很多貢獻，我們充其量補救其說。

不過，我看王力甚麼「型」的（鄺健行教授：很難搞。），一時大楷「A」，一時小楷「a」，你這樣做即是故弄玄虛，對不對？別人看罷，覺得很深奧，便以為作詩很深奧，王力你的學問真大。但讀者不會因此而喜愛作詩，反而怕了作詩。

董就雄教授：七字句，如「一身報國有萬死」，「仄平仄仄仄仄
　　　　　　　仄」，是否第二字一定要平？下句作「雙鬢向人無再
　　　　　　　青」。（以上陸游〈夜泊水村〉）

何文匯教授：當然。

董就雄教授：可否七個仄？是否肯定不可？

何文匯教授：這是古詩句，律詩則沒有。

董就雄教授：為何七言句才是這樣（按：五言整句可作「仄仄仄
　　　　　　　仄仄」）？

何文匯教授：因為「救」得一個也「救」不了第二個。

董就雄教授：即是至少要留一個平聲。

何文匯教授：留一個「活口」。

黃榮杰詩友：「南朝四百八十寺，多少樓臺煙雨中。」（杜牧〈江南
　　　　　　　春〉）

何文匯教授：「南朝四百八十寺」，「平平仄仄仄仄仄」。「多少樓
　　　　　　　臺煙雨中」，靠「煙」字（「救」）。

黃榮杰詩友：譬如，換成「古代四百八十寺」，那又可否？

何文匯教授：只可當成古詩句，但前人也不會這樣「離譜」（按：
　　　　　　　語帶雙關）。他們甚麼都不怕，只怕被別人笑。寫
　　　　　　　歪了詩，怕被別人笑。
　　　　　　　試驗時期的大師，在考試時小心而已，平時則繼續
　　　　　　　「試驗」。「故人西辭黃鶴樓」（李白）之類的，不乏
　　　　　　　例子。「故人」，（第二字）應仄而平，但他們使之
　　　　　　　變成模式，追求這方面的嘗試。但時至今日，我也

不敢試了，恐怕人們說我錯了平仄，免得被別人議論。

董就雄教授：這些「拗句」適用於詞嗎？

何文匯教授：這固然不同，詞乃受制於宮商。

董就雄教授：我知道，但詞同樣有七言句、五言句，我們可否用「平平仄平仄」的句式？

何文匯教授：詞的確無可奈何。詞有些因為作了首詩，或者一些句子，再入樂，先有字後有音樂。一直演變，當然是先有音樂後有字，否則不會動聽。正如現今作曲，當然是先有曲後有詞；反過來，那首曲必然不會動聽。除非是國語曲，還可以做到先有曲後有詞，粵語一定不行，因為粵音音階多。所以詞不可以這樣的（用「平平仄平仄」）。不論萬樹的《詞律》，還是《康熙詞譜》，都是依靠統計得出詞譜，於是出現了一譜多體的情況，但古時唱的時候則未必那麼多體式，很可能只是一譜一體、一譜兩體，未至於現時演變至四體、五體。這是因為唱歌者會自然調節。當然，每位詩人無論甚麼時候都想着作詩的。所以，詞句像詩句的情況是相當普遍，但就不可將詞譜中的「仄仄平平平仄仄」改成「仄仄平平仄平仄」。如此修改可能會令那首詞唱不出來。由於今時今日不能再查找原譜，只能靠舊有詞作推算出詞譜。我們只有跟從舊時詞作的平仄，不須對

35

詞譜提出任何疑問，也不必自行修訂詞譜，因為改
了就唱不出。圖書館的詩詞比賽也是這般的，都會
給予例詞讓參賽者依循詞譜。由此可見，詞不應當
成詩一般去處理。別人既然統計出詞譜來，你就只
可跟隨這些詞譜。不過，假若有音樂的話，自然會
按樂曲調節詞譜，可惜音樂經已失傳了。作詩呢，
你們一定十足把握，因為唐宋人的格律你是完全明
白，亦可完全根據他們的格律。詞就不能，詞要顧
及音樂，不能任意改變。

鄺健行教授：我有個新問題想請教一下，大家也可以一起討論。
我曾閱覽廣州的《詩詞》報，有人以國語新四聲來
當作平仄，將陰平、陽平作平聲；上聲、去聲作仄
聲。以新四聲配合格律來寫詩，你認為這個寫詩方
法又可行嗎？我們素來寫詩都是根據唐宋以來的聲
韻來寫格律詩，詩才寫得悦耳。倘以新四聲來寫的
話又能否寫出一首動聽而符合格律的詩呢？這問題
想請教一下何教授。

何文匯教授：並非不可。普通話在國內的發展變化很大；臺灣的
變化則較慢。我有一本書叫《廣粵讀》，其中搜集
了五十個漢字，並把這五十字在國內這五十年來的
讀音變化標示出來，可見其聲調變化迅速。假設普
通話聲調變化慢下來了，以普通話的新四聲去創作
近體詩，將一、二聲作平聲；三、四聲當仄聲，然

後再以普通話吟誦出來，此並非不可的。可是，你用普通話去朗讀杜甫任何一首詩，都難以讀對。因為規則不同了。普通話四聲絕非杜甫的四聲。朗讀時你自然讀不出來，讀音自然會不同。如以粵語朗讀，縱使粵語的變化在於陽上作去，終究是仄聲；入聲也沒變過，所以我們能讀詩，再按照格律亦能寫到近體詩。國語則是另外一套讀音，你用普通話寫詩沒問題，只要是用普通話去寫詩，就用普通話去讀詩，不能夠以其他方言去讀。你用普通話朗讀李白、杜甫，或任何一位唐朝人的詩，也讀不出來。因為橙和蘋果是兩種不同的事物，就是這樣。他大可以自如地用新四聲作詩的，這沒問題。

鄺健行教授：我仍有一點懷疑，因為唐宋所説的話，與舊譜式是一致配合的，故讀起來自然動聽。那麼你如何證明新四聲就能與舊譜式配合得一致呢？

何文匯教授：要分開來看，新與舊不再配合得來的。

鄺健行教授：可能以新四聲作詩的新譜式，並非以「仄仄平平仄」才動聽，而是以「仄仄平平平」才動聽。那麼要怎樣證明新四聲與舊譜式是相配的呢？我對此是存有疑問的。

何文匯教授：這當中或許有主觀成分。他可以説任何一種譜式都是動聽的，這是主觀看法，不可爭辯。他也可以説，以粵語讀杜甫的詩是不好聽。如他以新四聲作

新譜式的詩，就不能用粵語朗讀出來。他亦不能用這新譜式來套入唐宋，甚或清朝的作品。如此一來，局限就比較大了，只能方便到現在操普通話的人。我們懂得普通話的也可跟着讀，跟着寫，但當我們讀到杜甫的作品，就不可以用普通話去讀了，只可利用接近杜甫那時的語言的方言來朗讀，如此方可領略前人所寫的詩。以普通話朗讀的人就不會領略到前人所寫的詩了。他大可以從今作古，到五十年後的人也跟隨他的新四聲、新譜式的規矩來寫詩，這是許可的，或可作自娛之用。

董就雄教授： 其實何先生的意思是不許可的吧。

何文匯教授： 我沒有說不准許。任何人都可做一套新規矩，利用方言的特性去訂立規則，並謹遵規則寫詩，是可行的，但如此又成了另一個圈子了，也不可以與古人的規矩互通了。

鄺健行教授： 不過他們的圈子很大啊！

何文匯教授： 從橫向看是很大，但從縱向而論就回不到舊時去了。

陳皓怡詩友： 如果現在大陸人用普通話寫詩，應怎樣處理口語變調的問題？

董就雄教授： 例如「黑黝黝」（hēiyǒuyǒu）、「黑黝黝」（hēiyōuyōu）和「因為」（yīnwèi）、「因為」（yīnwéi）這些。

何文匯老師： 你所説的是兩種事情，彼此是不同的。「黝黝」

（yōuyōu）是向來都有的。「黑黝黝」（hēiyǒuyǒu）是我們說的和字典所說的。他們不會跟字典讀，不會跟《廣韻》讀；「因為」（yīnwéi）呢，根本連意念上也錯掉，但現在排山倒海都讀「因為」（yīnwéi）。漢語詞典尚未修改，仍保留「因為」（yīnwèi）的讀音，可是民間差不多人人都說「因為」（yīnwéi），越往北去便越愛說「因為」（yīnwéi），就連中央電視也是說「因為」（yīnwéi）。這並不是口語變調，而是錯讀。「黝黝」（yōuyōu）可以是口語變調，因為它是第一聲。第一變第三聲可以當成口語變調。但「因為」（yīnwéi）就是錯誤的詮釋。那麼你（陳皓怡詩友）的口語變調是甚麼意思？

陳皓怡詩友： 如果第一聲和第三聲變調了，這樣不就是將平聲當為仄聲；仄聲當為平聲嗎？

何文匯教授： 即是怎樣？

董就雄教授： 你（陳皓怡詩友）可以舉個例吧。你的意思是指有沒有一些字是由平變作仄的。

何文匯教授： 有、有。但普通話跟南方人有些許不同。普通話的口語變調，一變定就是字典讀音。而廣東話就相對靈活，例如你可叫我「老何（hɔ²）」，但我不是姓何（hɔ²），你自然會知道我是姓何（hɔ⁴）的。有些你是不知道的，例如「食橙（tsaŋ²）」，你不知道是「食橙（tsaŋ⁴）」。換言之，明明是口語變調，但你

讀不了以前的音了。又「絨（$juŋ^2$）布」，字典只會載絨（$juŋ^4$）的音，不會出現絨（$juŋ^2$）的。粵語口語變調大多是低聲調轉為陰平或陰上。反觀普通話則不同。普通話變定了就是正讀，他們不會用《廣韻》來核對讀音。普通話本身經已脫離了《廣韻》的系統了，所以只可靠統計來決定讀音。但「因為」（yīnwéi）的問題，字典仍然是作「因為」（yīnwèi）的。即使現時漢語詞典依然保留「因為」（yīnwèi）的讀音，不排除十年後的漢語詞典會修正為舊讀為「因為」（yīnwèi）；今讀為「因為」（yīnwéi）。或再過十年後，連「因為」（yīnwèi）的讀音也被剔除。因此，普通話的口語變調，變定了就不是口語變調，而是字面讀音，例如漢語詞典，「廣場」讀 guǎng chǎng，已不會出現廣場（guǎng cháng）的讀音。

黃榮杰詩友： 機場（jīchǎng）、廣場（guǎngchǎng）全部都是讀場（chǎng）的，除了農場仍保留第二聲，讀農場 nóngcháng 的。

何文匯教授： 我不肯定現在農場的場是第二聲，可能已經轉為了第三聲。不過可以肯定廣場（guǎngchǎng）已經成了字面讀音。由此可見，普通話的口語變調，變定了就成了字面讀音。譬如剛才說的大腸桿（gǎn）菌，他們不會再讀「大腸桿（gān）菌」的了。他以

後都會讀桿（gǎn）。

為何說我們無知呢？就是因為我們沒有完全按普通話來改變，就像大腸桿菌的菌字，如你有查字典的話，菌字本來屬陽上聲，讀作菌（kwen⁵），但我們粵語就用口語變調，讀成菌（kwen²），變為陰上聲。現在已很少人知道菌字是陽上聲的了。普通話呢，先是陽上作去，成了菌（jùn），即五十年前的普通話是讀菌（jùn）的，音同郡縣的郡（jùn）一樣。現在台灣人仍然讀菌（jùn）的，所以才說台灣的語音變化較慢。今日的大陸已沒人再讀菌（jùn），而是菌（jūn），即再多一個口語變調。菌字的普通話讀音是陽上作去再用口語變調，成了菌（jūn），音同軍（jūn）。故此，要完整按照普通話的變化來讀桿菌的話，轉易成粵語就應讀成「趕軍」。你就沒理由只改「桿」的音而不改「菌」的音。那明顯是你的無知使然，別人並非刻意影響你的，只是你盲目跟從而已。正如「荷蘭（lan¹）」的讀法，我們不會讀成「荷蘭（lan⁴）」，但普通話就會讀成Hélán。由此證明我們對讀音認知不足。不過我們有字典音，我們作詩一定要跟字典音。不論你平時怎樣用口語變調也好，那個「橙」字當成仄聲的話，我一定說這是不對。我一定要你讀成橙（tsaŋ⁴）才讓你寫那首詩。普通話的口語變調是字音的變化過程；而口語

變調後的讀音就是字典音。所以彼此的語音文化是有不同。

董就雄教授：剛才你提及押韻的問題，其實「魚戲蓮葉東」的「東」、「南」、「西」、「北」(樂府詩：江南可採蓮，蓮葉何田田。魚戲蓮葉間：魚戲蓮葉東，魚戲蓮葉西，魚戲蓮葉南，魚戲蓮葉北。)有沒有押韻？

何文匯教授：不知道。「西」、「北」的古音算不算押韻是不知道的，可能沒有押韻。即使是《詩經》也未必首首都押韻的。因為押韻的概念並不是一開始便有的，間中是可以不押的。漢朝寫詩可以單句押韻，不一定是雙句押，可見押韻的情況仍是演變當中。所以「西」和「北」是否能押韻就不能知道了。如是押韻，那就真的好；如不是押韻，「東」、「西」、「南」、「北」就旨在「過癮」而已。

董就雄教授：那麼《周易》有否押韻？

何文匯教授：《周易》之中的甚麼？

董就雄教授：《周易》的正文。

何文匯教授：《周易》分經和傳。

董就雄教授：經。

何文匯教授：傳有很多地方都有押韻，經指卦、爻辭，則以爻辭押韻較多見，因為句子較多，但不及傳押韻多。

李耀章詩友：說回剛才粵普問題，既然還有字典音，而口語亦較能跟隨字典音，我們是否應該以不變應萬變呢？即

　　是你的口語音變成字典音，再由字典音變成口語音
……

何文匯教授：這是疲於奔命的。

李耀章詩友：這樣會造成了無止境的結果……

何文匯教授：是無止境的。

李耀章詩友：那麼應該不要隨之變化或受不要受之影響。

何文匯教授：我不太明白你在説甚麼……

董就雄教授：你（李耀章詩友）的意思是粵語不應跟隨普通話而
變？

李耀章詩友：是的，應該更加不要受它影響，否則作詩的時候便
會愈走愈遠，都作不了以前的模樣了。

何文匯教授：你經常問一些我解決不到的問題。受不受它影響
呢？於我而言，我説普通話的時候就會跟足的。當
要讀大腸桿菌（dàcháng gǎnjūn）的時候，我不會説
這是錯讀。按照粵語的聲調來讀，這更是沒可能的
事。血液（xuèyè）就是血液（xuèyè），我不會因為
粵語而改變的。但是台灣還是讀為血液的液是讀成
yì。台灣會讀液體（yìtǐ）；國內則讀為液體（yètǐ）。
入聲是隨你怎樣變也可以的。我的做法是入鄉
隨俗，我絕對百分之百是讀星期一（xīngqīyī），
但在台灣就千萬別這麼讀，因為台灣是讀星期一
（xīngqíyī）的。如果你在台灣説星期一（xīngqīyī），
就讓人知道你是大陸來的。台灣讀音是近古一點

的，因為它與閩南話有關係。國內是沒規矩的，喜歡變音就變音。所以沒有應不應該，這不是由我們說的。他們要變，他們有一套文化要變，語委會商討各讀音要否放入字典，是由他們處理決策。你要說普通話就必須跟他們那套，就不要自行創作「《廣韻》式」的普通話，他們根本不明白你在做甚麼。

我們的粵語守不住，為甚麼？有哪些人會在中學教你查字典？有哪些人會在大學教你查字典呢？沒有字典作為基礎，就只能靠聽。但聽些甚麼？你就會聽藝人說話、聽播音員說話，他們也不懂的。人人都在生吞活剝。讀了便是，你更正他們的讀法就罵你：「人人都這麼說，你讀的就是落後。」其實我們都是依照《廣韻》的系統來讀的，只是你自己不清楚。可惜這是不能爭辯的。你向他們說道理就只會成了秀才遇着兵。你就只要看着它慢慢地變，更何況它不是從今天起才變的。錯（tso³）字也變了很久。陸游的詞也是讀錯（tsɔk⁸）。但北方沒了入聲，讀成去聲，到今時今日我們只保留了縱橫交錯（tsɔk⁸）。可見我們有很多字是受了北方所影響，這是南北融和的必然現象來的。一定會有的，要視乎誰較強勢了。那就當然是官話強勢，我們一定要接受的。簡體字也足以影響你們。現在沒有姓蕭的，全都姓肖去了。我們無知得似乎是他們玩弄，但他

們卻無心捉弄你的。只是你不懂將簡體的「肖」字轉換成繁體的「蕭」而已。他們的「肖」還是讀成「蕭」的音。沒人逼使你要將蕭轉為肖的。那是我們連粵語都守不住，只聽電台和電視台的説話，根本就是受電台和電視台所影響。而電台和電視台則受普通話影響，或者自己喜歡怎麼讀便怎麼讀。一般大眾都是聽藝員、播音員説話，到了某一地步，你叫他查字典已經沒用了。你向他説作詩的事他們不想聽。

因此，你們在鄺先生領導之下是一個小圈子，你把作品交予一位家庭主婦看，她也不會想看的，她要看的是電視。這是現實。

鄺健行教授：前中銀老總肖鋼（tsiu³ goŋ¹）……

何文匯教授：應該讀蕭鋼（siu¹ goŋ¹）。

鄺健行教授：我沒留意無綫那些人講的時候究竟是讀成「蕭」還是讀作「肖」。

何文匯教授：姓「肖」吧。無知嘛，但他們不會覺得有問題。

董就雄教授：甚或連他自己也讀成「肖」鋼了。

何文匯教授：他根本不懂繁體字，你問他怎麼讀已是多此一舉。

董就雄教授：但「蕭」字有另一個簡體寫法的。

何文匯教授：你只要查查漢語詞典便知道，它將（蕭字下半部件）屈曲的字形拉直那種簡體（萧），就不會有人讀錯。以前「蕭蔚雲」（肖蔚云／萧蔚云）就是這樣。而這

個「肖」，字典就説明是簡體的俗體。你竟然跟隨一個俗體字，還要把蕭的讀音讀成「肖」。如你是曉得簡體字的話，一看到某人是姓簡體的「肖」，你就會將它轉為繁體的「蕭」，就不是詢問某人的字是怎樣讀。他都不懂繁體字，你問他來做甚麼。你問他，他只會寫一個簡體字給你。他們現在只會寫簡體的俗體，於是他就會寫一個簡體的俗體讓你看，故你是不應該問他。即如你到北京，你要求保留自己繁體姓名，他會不會讓你做呢？肯定不會。你要入鄉隨俗，所以一定要變易為簡體。「何文匯」「匯」字的簡體，三點水在外，內裏是空的（汇），他不會替你補回「佳」的部件的。這是沒問題的，最緊要你自己曉得是怎麼一回事。你望到簡體的肖字就應該立即轉為繁體的蕭，無須問他的姓氏是怎樣讀，因為他都不懂得粵語怎讀的。以前真真正正的簡寫是不會引起誤會，蕭蔚雲死前在澳門教書，自己的名稱是全用繁體。這樣則不會出錯。假若他未死的話，你又會將其名字變成肖蔚云。現在的問題就是我們之所以出醜，是因為只有香港會錯的。台灣就一定不會錯的，肯定會將「肖」轉成「蕭」的，連澳門的報紙也是一例將「肖」轉成「蕭」的。那位蕭鋼，有時候，聽廣州、深圳的財經節目，他們也是一例讀成「蕭」的。香港真的醜得很，寫錯了、讀

錯了又不願更正。憂鬱的鬱字簡體是「郁」，但你看到的時候又知道它是「憂鬱」。可見，香港人對於讀音是沒有原則的，人云亦云，人錯便錯下去罷了。但廣州和深圳懂粵語的人都懂得讀成「蕭鋼」。澳門的報紙會將「肖」轉成「蕭」。就是這麼簡單。香港就只懂問人，因為香港人不懂簡體字，於是出醜，但又不去矯正。這問題相信很難解決了。

鄺健行教授：我看時候也差不多了，我們剛才討論了很多東西，希望有機會再向何先生請教。

璞社古典詩藝座談會
（第二會）

日期：二〇一四年九月二十一日

講者：洪肇平先生

講題：古典詩詞創作及香港詩壇話舊

過錄：李耀章

朱少璋博士：很高興，洪肇平老師蒞臨分享。在分享前，因洪老師已有大作來到，我們亦跟着和了數首，因利成便印了一份詩稿。和詩最後那位伍穎麟先生今天沒有來，有出席的包括洪老師、董兄、鄺老師，我們輪流順序讀一讀自己的作品。朗讀而已，不是甚麼朗誦。不過朗讀一下，先有氣氛，亦讓洪老師熱身，才進入正題。我們都以自己的和詩來歡迎洪老師光臨浸會大學為我們做分享，好嗎？先請洪肇平老師朗讀你的大作。

洪肇平先生：「（吟唱）抱璞清吟意最真，天風海日比精神。倡詩今日開新境，話舊當午憶故人。聲欲摩空情激蕩，句能憂世韻悲辛。芳洲是我低徊地，獅嶺龍塘看積薪。」我最後那句是給你們（在座後輩、學生）的，你們現在尚年輕，他日你們定是積薪、後來居上。

49

朱少璋博士： 哈哈哈，多謝老師。我的和作是這樣的：「（朗讀）布袍葛帽蘊天真，滿紙琳琅別有神。已遣悲歡成夢筆，豈勞心力作詩人。而今泥賤文同賤，自古情辛酒亦辛。卻剩冥頑拋未得，留供石火換傳薪。」請鄺老師。

鄺健行教授： 洪老師我有兩點非常敬佩的，第一是不求名利、全心教學生，有很多成材學子；第二是寫詩非常之快、又好。以前曾與洪老師來往一、兩次詩，我很怕，怕傳詩後洪老師的和詩立即便到，我來不及再和，但這種才高我又很敬佩。我詩中都有這意思，那我便讀一次。「（朗讀）海隅屈指幾清真，拈管隨書妙入神。不憾鬱沉疏學子，早知坦蕩是騷人。篇成叉手容閒適，韻和蒙頭句苦辛。今日高軒承枉過，請言雛鳳欲傳薪。」

朱少璋博士： 鄺老師詩中有一句「早知坦蕩是騷人」，對我甚有啟發，我便多和一首。我的詩是這樣的：「（朗讀）肝膽情投意氣真，迴腸蕭劍認丰神。澄懷自抱江中月，青眼相逢鏡裏人。世態周容知距閉，山泉出入辨甘辛。延陵路見休呼取，仲夏披裘只負薪。」

董就雄教授： 多謝朱老師、鄺老師和洪教授的吟誦，我在朱老師和後亦和了一首。因我知洪教授很喜歡蘇東坡的詩，又很喜歡陸游的詩，他最欣賞蘇東坡的才氣及放翁的深厚感情。我看他的詩，確有這氣味及風

神，所以有首兩句。後兩句頷聯說我很欣幸可以認識這位同樣是古典詩的創作人、都是澹蕩之人，亦久仰他大名。我嘗試較形式地將「瓊琚」對「澹蕩」，朱老師說形式主義會滅亡，那我便在滅亡前再形式主義一下，以兩個玉字部對三點水。我覺得香港詩壇其實有不少人寫詩，已較之前所感傷的「騷壇傷寂寞」那世態有所改正，所以就有第五句。反而香江前路「幾酸辛」，看到現在這樣的政治形勢，倒不如回到詩中的康莊大道，既可看到秋毫之末，又可以看到餘薪——不是只看到秋毫之末，而不見餘薪。所以就寫了這首作品。「(吟誦)〈有感一首敬步洪肇平教授〈璞社講座感作〉元韻〉自是坡公率性真，放翁沉厚得風神。吟篇早識瓊琚價，同調欣逢澹蕩人。我輩斯文正恢復，香江前路卻酸辛。詩中且入康莊道，共察秋毫共察薪。」多謝各位。

朱少璋博士： 謝謝。伍穎麟先生今天沒來，有機會再介紹給洪老師認識。現在將時間交給鄺老師主持講座分享。

鄺健行教授： 各位詩友，在座有些是浸大的同學，有些是珠海的同學，有些是樹仁的同學；有些已畢業，有些還在學。我們非常高興今日能請洪肇平老師蒞臨，洪老師主講的題目是「古典詩詞寫作」及「香港詩壇話舊」兩個方向。這兩方面洪老師也非常有資格，寫詩他

本身是詩人，所以可聽到實際的寫作經驗，遠勝沒有創作經驗的空言；另一方面，洪老師對幾十年來的香港詩壇十分清楚，剛才未開始前洪老師已經談及一些。

朱少璋博士：可惜沒錄音，那些內容都很寶貴。

鄺健行教授：所以今天分享的內容一定會很豐富，洪老師講完後各位也要多向他請教。我們的講座通常是這樣的，兩個小時一半時間給演講者、一半時間給詩友積極發問。我就不多說了，請洪老師開始。

洪肇平先生：多謝各位前輩、同學，我今天首先講一講我怎樣學作詩、我學作詩的經驗以及經歷，也談談我走的是哪條路，以及我有甚麼心得。這些心得當然是很膚淺，就希望大家不要見笑；另外就是我在這五十幾年間所見所聞，香港詩壇那班前輩一些很有趣味的事。因為我認識的那些詩人、老人家個個都有好古怪的行徑，我亦會講一些。

首先，我初初學詩時並無老師，後來就有很多老師。我初學詩是在中華書局買了一本喻守真的《唐詩三百首詳析》，內有平仄、格式、押韻。沒有人教導，我只是依書自學。因為我是福建人，我的廣東音未必標準，但我見書中黑色是仄、白色是平，所以音準問題我便看這書。看多了我就學作詩，但中二時的詩半通不通。後來我正式入了經緯書

院，教我詩選的是梁簡能老師。梁老師叫我學黃山谷（黃庭堅，號山谷道人），我讀了兩、三句就覺得自己性格不近。有一天我在一位朋友家中發現了很多珠海校刊，校刊內有些詩是熊潤桐老師的《勸影齋詩》。我把這些材料全都收集起來，十多歲便將熊潤桐的詩輯成一本，這本詩輯還在，我就學他的詩。

熊老師的詩學蒹葭樓，蒹葭就學陳師道。陳師道是一個苦吟詩人，所以他的詩會比較「滯」。但熊老師能夠將詩寫得很活潑、很真，我就開始學熊老師。熊老師在廣州時家中富有，廣東高師畢業後，他拒絕了中山大學的聘請。他說有酒飲便可、有詩做便可，所以他同班同學詹祝南（詹安泰）老師就到了中山大學教書。但大陸一九四九年換了政權，熊老師來到香港，身無分文。他住在上環近海邊的地方，那時該處全是妓女盤踞之地。他在那裏做中醫，但這位老師飲醉酒才為人看病。他天天飲酒，所以沒有人找他看病，他的生活很困苦。我讀到他一首詩，那日是農曆五月初五，有人請他飲酒。酒後回客棧時，他說「不見榴花照眼開」。五月是石榴花開的時候，熊老師在五月生日。今天他來到香港，在香港他看不到「榴花照眼開」。他說「自憐為客易生哀，魂招正則千秋遠」，「魂招正則」即是屈

原，「名余曰正則兮，字余曰靈均」。正則，現在我想為屈原招魂，但是「千秋遠」。「節到端陽萬感來。每讀離騷便思酒」呀，《世說新語》說能讀《離騷》能飲酒則為名士，熊老師自稱名士，他自視甚高、看不起人，正是「恨無名士共銜杯」、「此身飲罷歸何處」？回到客棧全是妓女，「空對驚濤立幾回」呢？這些詩就是逼真，寫得很感動，我有一段時間就是學他的詩。

之後我的朋友何乃文送了我一套積微居所藏的《海藏樓詩》，我便喜歡了海藏，就沒再學熊潤桐的詩了。有一晚我在龍鳳茶樓與陳湛銓老師飲茶，他說：「肇平，你的詩誰替你改？老實講！」其實無人幫我改過詩，我媽媽不太識字，我爸爸是菲律賓華僑，誰替我改詩呢？我說沒有。他便叫我翌日到他家，他出了一道「秋日感懷」，命我即席作詩，只給我紙筆。不是這些筆，當時是塑膠原子筆。又拿了一本詩韻。那時我應該是十九歲，有點抑鬱，因為我的堂嬸整天跟鄉里說：「洪肇平他日必定餓死，日日在作詩。」其實我父母從來不干涉我作詩，但反而隔籬鄰舍或親戚呢……不過我跟你說，我今年六十幾歲，我不但未餓死，我還要減肥哩。

陳老師要我寫，我就把那種「抑鬱」寫出來。陳老師見到這首七律，說：「明晚我請你去龍鳳茶樓飲

茶，不過陳老師環境不太好，限食一碟豬手飯。」
當時一份豬手飯是一元零八角，老師肯請我吃豬手
飯，對我的鼓勵很大、很大。我最記得那時我很開
心，天天都作詩，看來作詩是需要鼓勵的。如果有
個老師說你的詩不行，有很多學生已經氣餒，不願
再寫了。所以現在我教學生，就算他平仄不對，我
跟他說很易學的，多學便行。一開始便說他平仄
不對，他就沒興趣繼續了，沒興趣的話便少了一個
人作詩。曾希穎老師說：「你說他不行，做新詩、
白話詩那邊便多了一個人，古典詩這邊又少了一個
人。」對嗎？所以人是要鼓勵的。

後來我在陳湛銓老師課上知道到曾希穎的名字，陳
老師把他的詩抄到黑板上，並分析那詩的好處，我
就很想認識這人，但苦無機會。

有一天，何敬群老師跟我說：「洪肇平，我把你的
詩給曾履川先生看。」我說：「你們是鄉里？」何老
師便說曾老師叫我聯絡他。我很高興，因為我曾經
在書局見到馮友蘭的《中國哲學史》，封面的字便是
頌橘翁（曾履川）手筆，我好佩服他的字。他的詩、
古文，我都聽過。

鄺健行教授： 頌橘翁即曾……

洪肇平先生： 曾克耑老師。我上他金華樓的家時，他剛剛忙於搬
家。你（鄺健行）當時應該已到歐洲，我見到李潤

桓、李妙貞在幫忙。曾老師說今天較忙，命我下星期再找他。再到訪時，我很開心。他送我一套《桐城古文法》、《學詩初步》，又介紹我去書局買《石遺室詩話》，後來又送我《范伯子集》。後來臺灣中華書局為他印了《桐城古文秘笈》。《古今詩範》、《古文範》我到現在還在讀，這兩本書都是他送我的。頌橘老師比較沉默寡言，但在他送的書中我學到很多。有一晚他叫我去金華樓吃飯，給我介紹很多新亞的老師。有一位吳俊升，應該是院長；還有唐君毅教授、潘重規教授；有一位寫畫的，叫蕭立聲。我在那裏認識他們。我即席作了一首詩，「我來談笑意飛揚，難得高樓共一觴。」很開心，因為鄭海藏是福建人，同光體的詩人很多都是福建人，大家都有「同光之感」。頌橘老師很開心，我家中那套線裝《十三經注疏本》都是他送給我的。

曾希穎老師教我很多做詩的心得，因為陳湛銓老師的特色是引經據典、引出處，對作法不太詳細講解。我怎樣認識曾希穎老師呢？那時四天供水一次，你們未經歷過的了。我住在石塘咀，每一天都去薄扶林取山水，以備日用。有一天，我見到管理處有一封給曾希穎老師的信，這信因寄不到而放在管理處信箱頂。我想，這可能是認識他的機會，我就拿起信。信上寫着「芳洲社」寄出，我認得那是

蘇文擢老師的字。我送上去，原來地址寫錯，新安大廈四樓「O」座是牙科診療所。我就致電蘇老師，但蘇老師家沒有人聽電話。我又致電曾克耑老師，他說是「Q」座，是他寫錯了。我那晚便送信上去。原來曾老師在官立文商任教，晚上要講課，他的妾侍叫我翌日再來，又多謝我送信。但翌日我又不敢上去，因為大家都不認識。究竟他怎樣想呢？終於有一天，我在升降機見到他兩夫婦，曾希穎老師便說：「嗱，明日端午節，你帶幾首詩來。」我就帶了幾首詩去，原來曾希穎老師的路數又是由海藏入東坡、放翁的。他一看，說：「喂，每逢星期日」——因為我住九樓他住四樓——「你就落嚟，我同你講詩詞。」起初我沒有填詞，何敬群老師偶爾叫我填幾首詞我便填，由這時才開始正式跟曾希穎老師學詞。

我到曾老師家學詩詞，他說作詩第一要有情或有趣。如果讀來既沒情又沒趣，詩未必感人。他又說詩不是用來嚇人，有些人用字艱深，用字嚇人，但詩不是用來嚇人，是用來感人。最重要是他人讀你的詩時受你感動，你便成功。他說能用最淺的字能表達出最深的感情，便是好詩。他舉《古詩十九首》的「努力加餐飯」作例，他說如果只看「努力加餐飯」這句，那時未有現在的大家樂、大快活，這

句就似飯店貼出來的招紙——「努力加餐飯」。但如果整首詩讀下去，便會覺得這句詩出自深情、出自至誠。因為大家分別，叮囑保重身體。他說曹子建〈贈白馬王彪〉「王其愛玉體，俱享黃髮期」，就是要「努力加餐飯」。字淺的好處就是逼真，他說詩可以夸飾，《文心雕龍》有「夸飾篇」，但情一定要逼真。他說做詩首重求真；第二步才求善，即做得好不好；第三才求美。他說詩句如口語而能感人的，那首就可保留。

曾老師的齋名叫「潮青閣」，他說是出自王維詩。「日落江湖白，潮來天地青」。但早期他用過「澡雪堂」，因為莊子有「澡雪精神」的話。曾老師曾留學，他不是讀文學的，他在莫斯科軍事學院炮兵科畢業。

第二，他說詩每一句一定要有呼應。他舉杜甫〈登樓〉為例，「花近高樓傷客心」。他說「花近高樓」是良辰美景，為何傷心？詩要有眼，叫做「詩眼」，畫龍要點睛。他說最重要的字是「客」，傷客心。良辰美景易傷心，就是因為詩人作客。作客未必會傷心，所以要看下句承上來。「萬方多難」呀，走難呀。安史之亂又要走，外族入侵又要走。「此登臨」，他說「此登臨」三個字就是點題目（登樓）。

第三，曾老師說詩要有事、有景、有情。李清照有

詞「尋尋覓覓、冷冷清清、淒淒慘慘戚戚」。他說眾人以疊為佳，其實不然。「求求其其」、「傻傻更更」亦為疊字，對嗎？他說「尋尋覓覓」為事，李清照在無聊四顧。但尋尋、覓覓有層次之分，尋尋是四處找，覓覓是細心地找；下句是景，「冷冷清清」，冷冷清清也有層次之分。比喻戲院中只有十數觀眾，電影又沉悶，雙眼一眸便只剩兩、三人。開場時是冷冷，現在的是清清；眼前的景產生心中的情，所以李清照「淒淒、慘慘、戚戚」，淒淒慘慘戚戚的感受、痛苦亦一層比一層深。

另外，李清照亦在雙聲疊韻上賣弄了很多技巧。起初我不太懂辨認雙聲疊韻，教我分辨的是李彥和（煦寰）。他是國民黨將軍，余漢謀的參謀長。他說初步可用英文來拼音，「淒淒」的聲母是ch，慘慘戚戚也是，這就是雙聲。窈窕疊韻，因為窕與窈的韻腳必定是iu。他說未受聲韻學訓練時不易分辨，學習時可以此為例。

回到〈登樓〉，詩要寫景，杜甫在四川登樓，三、四句便寫景。第三句寫甚麼呢？「錦江春色來天地」，錦江是四川的江。曾老師說事、景、情一定要合時合地，對嗎？在香港寫錦江，難道是徐錦江？「錦江春色」上帶「花近高樓」，春色其實每年都有的。易經六十四卦，乾為天坤為地，乾坤有必定規律。

到咸卦，咸卦講夫婦，夫婦是否有一定規律？無，所以有咸卦、有家人卦。夫婦能否維繫並無自然規律，乃大家互相遷就，對嗎？天地與人不同，曾老師說做詩不要認第一，因為他很多師兄弟也是天下第一。他說各寫心情、各有不同，大家應該互相欣賞，他如此警誡我。所以我從來不重視排名。他說「一者生之盡也」，「生」字最後一畫是「一」；「死之始也」，「死」字第一畫也是「一」。

「錦江春色來天地」是眼前所見，寫景亦有遠近，還有想像之景，很多不同的景。杜甫望錦江，再望玉壘山，玉壘山的浮雲古今不停在變。他這兩句眼前的景（三、四句）就產生心中的情（五、六句），這兩句景產生甚麼呢？春色來自天地，所以相信唐朝的「北極朝廷」「終不改」，是不會變的；玉壘山的浮雲乃「西山」之「寇盜」，你「莫相侵」呀。第七句要總結前六句、開第八句，杜甫說「可憐後主還祠廟」，劉禪亡國，現在還有祠廟在。劉禪為何亡國呢？少了諸葛亮。今天唐朝未亡，杜甫都頗自負，不過自負不用直接說出，要間接講。「日暮聊為梁甫吟」，對嗎？諸葛亮最愛讀的，我杜甫天天都在讀。曾老師說一首詩要這樣欣賞，不可隨便讀，要慢慢思考。

還有我作的詩，曾老師也不替我改。他看到哪句有

問題，便用紅筆標示，命我再細想。所以有時一首詩可以做幾個星期，直至老師滿意。這的確有幫助，否則太依賴他的評改建議，就沒進步。

曾老師説做詩分兩種，一是寫詩，一是作詩。甚麼是寫詩？他説陶淵明的詩是寫，不需雕琢，提筆就寫，蘇東坡李太白的詩也是寫。李太白見對面有女掀簾就可作詩，不用思索。那女是甚麼人？是美人，不是美人李白也未必看。「美人捲珠簾」，捲起窗簾，李白就望。下句「深坐」坐着、「顰蛾眉」皺眉即不快，再看清楚「但見淚痕濕」還在哭。凡詩不可寫太盡，不要直説「恨董就雄」，否則詩意便盡。對嗎？「不知心恨誰」呀，讓讀者回味，對嗎？曾老師説很多事不需説到盡。還有作詩同情人不需直接説出，曾老師舉《古詩十九首》「不惜歌者苦」為例，唱歌唱得動聽但無人欣賞不需同情，「但傷知音稀」，其實就在同情你。所以曾老師説詩有很多不同寫法。

又，作詩首重「欣賞」。文學欣賞是第一步，先欣賞古人怎樣寫，再親自寫作。要論戲，都要自己懂得做戲，對嗎？懂創作，然後才有資格批評。現在有些人論杜甫詩，但他平平仄仄都不懂。你起碼懂得作，才可批評別人的詩好不好，對嗎？

説回陳湛銓老師要我即席做的那首詩，我還記得，

我唸給大家聽聽。詩是這樣的：「坐負年華感逝波」——那時我十來歲，但親戚朋友都説我作詩會餓死——「詩人已分耐天磨。窮途倍覺秋風厲，孤抱空餘熱血多。對酒孰能忘慷慨，看花聊飲慰蹉跎。閒言閒語還拋卻，顧我形骸一放歌。」這是即席給陳湛銓老師的作品。

及至我跟從曾希穎老師，我的詩才開始有脈絡。當時早期香港詩壇大致有三條路走，一條學陳散原派，夏書枚（承彥）先生稱之為新江西詩派；一條是閩派福建，鄭孝胥（海藏）派；另一派是廣東兼葭樓，當時多數人都走這條路。但我認為你要走的路不應受老師拘束，每個人的性格都不同。有時我去看師生書法展覽，便分不清老師、學生的作品，所以大家不妨「各有所好」，不一定要跟老師完全一樣。

陳散原那派較深，我不是批評陳散原，也沒資格批評他，只是説那派的詞藻有時會較堆砌。江山、風雨、日月、龍蛇⋯⋯之類。風雨、江山、日月加一字，「風雨江山埋日月」，對嗎？這些都屬堆砌，感情的堆砌。

海藏那派比較清新，我較接近這一派，但不要以我為標準，我只是講個人心聲。我的詩由近人入，但最後仍要學古人。海藏學誰？元遺山、陸放翁、蘇

東坡，還有晚唐韓偓、羅隱等，《石遺室詩話》説海藏詩學王荊公，實在不太相近。晚唐時唐昭宗找朱溫入朝，這隻「豬」發「瘟」，簒了唐，韓偓就指責他，遠走福建泉州，並有詩寄之。這些詩已開陸放翁、元遺山一路，韓偓詩「惜春連日醉昏昏，醒後衣裳見酒痕。細水浮花歸別澗，斷雲含雨入孤村……。」元遺山後來拿了這兩句在自己的詩，詩句合用時，偶爾用前人一兩句不緊要呀，沒有註冊的呀。「……斷雲含雨入孤村。人間易有芳時恨，地迥難招自古魂。慚愧流鶯相厚意，清晨猶為到西園。」這些詩已見鄭海藏派之雛形。

又，很多人説陳散原學黃山谷，但我發現他學的另有其人。《詠懷堂詩》阮大鋮，你看一看，陳散原詩與之有九成相似。

蒹葭這廣東派學陳師道，陳師道詩苦吟，詩筆較「滯」，一定要加上其他靈活元素。

詩能靈活是好的，詩的境界也很重要。曾希穎老師寫畫的，將來聖類斯中學會替他辦畫展，在饒宗頤館，即荔枝角那裏，我會通知你們。負責的白耀燦先生曾與我聯絡。有一次曾老師的長子開畫展，展出數幅曾老師的畫作，其中一幅為《秋山問道圖》。畫家黃居素看後致電曾老師，説《秋山問道圖》中不見人影。曾老師答「但聞人語響」。賈島「只在此

山中，雲深不知處」，就是境界。

陸放翁情深，他的愛國之情相當深，甚至情詩也寫得一往情深。李商隱的情詩更讀到上癮，但李商隱有些隔。「滄海月明珠有淚，藍田日暖玉生煙」，不容易解，元遺山更說「獨恨無人作鄭箋」，所以做詩要透。李商隱哪些情詩寫得「透」呢？「此情可待成追憶，只時當時已惘然」，各位將來拍拖時記着要用錄影機錄下，情景會成為過去的呀。「此情可待成追憶」，對嗎？「一寸相思一寸灰」呀。但放翁就不是這種，「城上斜陽畫角哀」，這是直寫，「沈園非復舊池臺。傷心橋下春波綠，曾是驚鴻照影來。」又「夢斷香消四十年，沈園柳老不吹綿。此身行作稽山土，猶弔遺蹤一泫然。」這些就近於直敘。

還有理解古人詩時，莫以當今情形駁斥，即不要「以今非古」。曹子建因曹彰逝世，未能與王彪同行，於是作〈贈白馬王彪〉。他感嘆曹彰之死，「影響不能追」。不要批評此句，現在有錄音機、有錄影機，夜晚還有《歲月留聲》，對嗎？那時沒有，真是「影子」與「聲音」都不能追，所以要了解作者當時身處之情形。

七月時我去了一趟日本，不是參加旅行社。我想看《海藏樓詩》寫的日本風貌，當地有一所始建於唐朝的石山寺，甚少遊人。寺中有台名月見台（即「月

見亭」），原來日本賞月叫月見。該處可望琵琶湖，鄭氏寫過〈琵琶湖中秋〉。作詩要有想像力，這湖叫琵琶湖，海藏說「誰遣琵琶化此湖」，誰把琵琶丟在此，變成此湖呢？莫要反駁天下怎會有這種事，詩人是在另一個世界，所以寫詩的人有時是「不太正常」的。詩人在另一種境界想像，正常的是科學家，對嗎？海藏自京都出遊，石山是地名。「歌聲終古繞西都」，京都一向多音樂，可能就是這琵琶湖影響。中秋晚琵琶湖上很多船張燈結綵，海藏說「錦帆拂水成殊色，傑閣藏林想霸圖」，起初我想「傑閣藏林想霸圖」怎解呢？後來我去到現場，原來那座山很高。當時要運上榫的木材入樹林並不容易，便想到「傑閣藏林想霸圖」。「一角夕陽山盡處，萬家燈火夜歸無。」他人中秋團圓，海鄭卻身在異鄉（日本）。「石山寺外唐橋月」，對面有橋叫唐橋。「莫向愁人問故吾」，我的悲哀請你莫要再提了。所以讀古人詩時如可親臨，感觸會更深。

除做詩外，我亦略講填詞。曾希穎老師曾說填詞有兩條路，但現在我們並非非從不可，古人走過的路我們不一定要走，對嗎？杜甫後已乏人作五言排律，當今璞社天下第一了，對嗎？如果個個都做，有何特別？對嗎？人棄我取，所以曾老師說詩是給豪傑之士做的。填詞，填詞當時有兩派，一是「常

州派」,「問途碧山,歷稼軒、夢窗,以歸於清真之渾化」;另外一派是「浙派」,提倡姜白石、張玉田。我覺得這兩派都已寫盡,所以都沒有跟從。要用多少時間讀王碧山(沂孫)才夠?時間有限,要「歸清真之渾化」呀。所以我第一天就開始讀周邦彥,但我的詞絕不似他,因其生活與我完全不同,我較近辛稼軒(棄疾)。後來我讀《清名家詞》,有十幾本,裏面有很多佳作。清人詩詞、古文、駢文不可忽略,我就是循此入手。

曾老師説詞講勾勒,講結構,又以李後主為例:「問君能有幾多愁,恰似一江春水向東流。」「愁」講不出,如講有百斤愁,那作品便很低級。李清照「載不動、許多愁」,愁抽象,但可説這「許多愁」「載不動」,可見她想像力豐富。放翁説「文章本天成,妙手偶得之」,其實天地間很多作詩材料。你見過流水、你見過落花、見過春天去也,但當你淪為俘虜,一切已無希望,才道「流水落花春去也」。我們不是皇帝,但人若到此地步,如會考每一科都不及格,亦道「流水落花春去也」,自然會有無限感觸,所以詩與詞都要有感觸。

香港最具規模的詩社叫「碩果社」,現已解散;詞社則有「堅社」,廖鳳舒(號懺庵)於堅道有物業,於是尋友結社。其中一友叫林汝珩,香港大學剛出版

其《碧城樂府》。林汝珩讀經濟，但詞寫得很好。廣
州嶺南大學畢業，汪精衛時曾任廣東大學校長。來
港後協辦嶺南會所，曾被斥為漢奸。堅社詞好，可
惜我已將堅社油印作品全都給了黃坤堯，現在手上
已無存稿。堅社的詞亦開香港詞壇新路向。

六十年代時我年紀尚輕，那時五月初五叫「詩人
節」。因每逢當天總有兩人在瓊華酒樓主辦雅集，
一是白鶴派掌門人吳肇鍾師傅，一是牙醫許菊初。
其時十元一張餐券，我也曾參加。當時香港有很多
詩社，我也記不全。有個李文格又主持一個文社
（披荊文社），任何人都可以去參加，還有很多。但
現在的詩社我想已剩璞社了。

黃榮杰詩友：還有一個，中大有「未圓社」。

洪肇平先生：是嗎？但我只聽過璞社，所以是最難得的。

董就雄教授：還有「鳴社」呢。

洪肇平先生：對，鳴社，蘇文擢老師那個。

董就雄教授：他們還有聚會。

洪肇平先生：是嗎？

我再講一講，香港早期詩壇還有人在。有個郭亦
園，組織香港詩壇，《星島日報》每一期都刊登他們
的作品。社員都是北方人，所以詩壇要團結，不需
分南北。

那時曾希穎老師身邊有兩個老友，他們經常與曾老

師飲茶，我也有去。一個叫王季友，他才學很好，詩、詞、小說都得。他寫鹹濕小說時叫宋玉⋯⋯

朱少璋博士：對不起，筆名叫「宋玉」？

洪肇平先生：是，是「宋玉」。

朱少璋博士：真是他？

洪肇平先生：是他，他又叫做芝園，靈芝的芝，在論詩論詞時用。他還有本《塘西金粉》，就正式用王季友（桂友）。他在《新晚報》寫時事打油詩時叫「酩酊兵丁」，就是「宋玉」。他與曾老師交情很深，雖非吾師，但我亦從他身上學到很多。另一個叫高貞白（伯雨）。他寫很多掌故，筆名又叫「林熙」、又叫「溫大雅」。他們對我亦有很大啟發，現在已經俱往矣，都不在了。那時曾（克耑）老師經常提起你（鄺健行）去了歐洲，又寫文章給你，所以我對你聞名已久，但你回港後才有機會認識你。還有一位佘汝豐，曾（克耑）老師都有提起；李妙貞經常買烏頭給他食，所以我與這幾位老師都有一面之緣。

後來我的古體詩漸近李太白，因初學詩便學李太白並不容易。我有一首寫廣東畫家李研山，他是市立美術專科校長，也是法官，但他審案時多數都在寫畫。早前香港藝術館替他辦遺作展，我說：「君不見新會畫家李研山。筆參造化生煙巒。抗心希古守傳統。董巨沈文倪黃間。蟠胸邱壑聊一吐。墨痕淋

滴足以驚天南。又不見棄官出長廣州市立美專校。培植桃李使人如仰華嵩可望不可攀。無奈逢世變。隻身來棲香海灣。鑽石山裏下元邨。卜得石屋居陋橡。活計淒涼依然寫畫遣歲月。眼高四海惟與前人同結翰墨緣。寫字更吟詩。與畫日周旋。老病潦倒甚。俯仰含辛酸。溥心畬。張大千。萬里迢迢登門造訪尋里巷。氣類相憐俱其賢。吁嗟乎、研翁歸去道山已隔五十載。遺作不朽休當牆邊㫪籬看。今日藝林但知趨新反傳統。頓使研翁畫名埋沒心亦為之寒。吾欲為翁鳴不平。賦詩直欲叩天閽。天閽若可叩。為彼申其冤。文字萬鈞力。剪㫪招其魂。魂兮歸來藝術館中視其作。名山可藏潛德幽光定與天地存。」

董就雄教授： 可借來影印嗎？

洪肇平先生： 好呀好呀。

詞方面，以前我認識一位老先生，現已不在了，他是陳述叔的學生。他經常說東坡的詞不行，他較年長，我從無反駁，只說「不惜歌者苦，但傷知音稀」。他說甚麼呢？東坡有詞云「似花還似非花」，他說花就是花、不是花就不是花，怎會「似花還似非花」？其實他不知東坡以楊花自喻身世飄零。要看到最後幾句「細看來，不是楊花，點點是離人淚」，才知這是我的眼淚呀，所以說「似花還似非花」。

所以讀詩詞時要細心看脈絡，不過曾老師叫我不用
多說，為何要教曉他？所以他每次都數落東坡的詞
作，我每次我都在笑。

填詞呢，小令有三家值得學習：歐陽修六一詞、晏
殊、晏幾道，你另有所喜是另一回事。長調就有很
多都值得學習，姜白石可學、張玉田等，我不必作
詳細介紹。

另外，我把喜歡的詩抄成一本書，七律我便抄了一
本《古今七律詩精選》。但要說明，抄錄在書中的是
我喜歡的詩，並非說未抄錄者就不行。

董就雄教授：有沒有出版？

洪肇平先生：沒有，只是自己看看。

董就雄教授：印得好像出版的書呢。

洪肇平先生：這是假的，現在整個世界很多假東西，對嗎？現在
學校寫白板，我最怕天拿水的氣味，怎料還有地溝
油，「天拿水」便對「地溝油」。對嗎？說回這書，
只輯我喜歡的詩，任我圈點而已。

董就雄教授：可否傳來一看。

洪肇平先生：好，不知有否抄錯，你看看。

董就雄教授：你的詩稿可讓我們影印嗎？（方便現場解說）

洪肇平先生：好，這裏有份詩稿。

董就雄教授：以下派發的是第一張詩稿。

洪肇平先生：好，先看兩首七古。第一首〈偕靜雲市樓夜飯〉，靜

雲就是我太太，我初認識她時就寫了一首〈雲〉給她：「曾住巫山莫問年，眼中非霧亦非煙。自從識得詩人後，便欲思飛下九天。」

朱少璋博士：作詩也可追女仔（求偶）呀。

洪肇平先生：哈哈，可以，你也可試試。

董就雄教授：只有一首？

洪肇平先生：一首夠了，哈哈。我與她市樓夜飯，「寒夜回暖思酒家」，當時是冬天。「攜侶出門同命車」，「車」這裏不讀「居」，要讀「奢」，押麻韻。「須臾便到市樓飲，傭保先遞烏龍茶」，很多名詞都可入詩。「盌底清香早撲鼻，別有滋味沁齒牙。以茶代酒豈得已」，我以前有飲酒，雖然不算豪飲，但自從右眼視網膜脫落後便再沒有飲酒，已經很多年沒有飲了。「養生持戒誠非差。喫茶使我夢鄉里，福建名產推奇葩。閩人採茶亦多技，雨前雨後論新芽。漫山遍野歌聲徹，纖纖玉手枝頭撾。茶戶調製説方法，人間活計應無涯。似夢非夢忽驚起，但見席上堆魚蝦。清蒸風味最可口，百粵於食驕且奢。」論「食」你們廣東人最精到，我們福建的魚並無清蒸，只是落鑊煎。不知在座有否福建人。

董就雄教授：程中山便是。

洪肇平先生：程中山就是。「舉箸更嚼咕嚕肉」，「咕嚕肉」可以入詩。「鳳梨青椒調味嘉。蒜香清炒芥蘭菜。」「鯪

膾豆腐稱琵琶」，因為琵琶，所以我「心絃頓響開
元曲」，「何妨譚詞更論畫，激揚境似飛風沙。轉接
翻彈極掩抑，盤旋喝采穿蟒蛇。古調知音隔座有，
一笑回睇傾城花。何妨譚詞更論畫，四圍賓客皆懂
譁。北斗漸移歲云暮，及時行樂休咨嗟。杯盤狼藉
天未白……」。「豪情萬丈錢可賒」，現在可刷卡，
真的可賒。「馬蹄踏碎清夜月」李後主句（代踏馬
蹄清夜月），有人會問你騎馬回去嗎？那晚有位朋
友，他跟我學詩詞廿多年。他用一輛「寶馬」車送
我回去，「馬蹄踏碎清夜月，歸途乍覺銀河斜。」「入
屋餘興猶未了，吟詩寫畫爭才華。江湖誰省唱酬
樂，海濱氣類真堪誇。」我寫詩，我太太寫畫。

下一首是〈跑馬行〉，這首在回歸後不久寫的。「太
平山下太平年，快活谷裏聲喧天。市民歌頌馬照
跑，烏騅赤兔神飛騫。路人駐足停車望，少長咸集
如癲顛。一擲千金無吝色，賭注駝駱驪騮顯。號令
方出便搶閘，萬馬競跑紛爭先。聲嘶力竭雜男女，
呼喝王良加著鞭。」王良是古代騎師名。「風馳電掣
花老眼，須臾便可分駑賢。各廠騎師逞其術，玉勒
金羈誇鞍韉。勝者大笑輸者苦，獨贏位置三隻穿。
可笑人類追娛樂，身心竟為畜牲牽。」跑馬、賭馬
不易估呀，但馬上那畜牲最難估呀，對嗎？「昔誦
杜公論馬匹」，杜甫有論馬，「胡馬大宛名」。「瘦骨

鋒棱難比肩。竹批雙耳尖且削，風入四蹄輕翩翩。
空闊驍騰有如此，橫行萬里心彌堅。眼中自有駿馬
相，用鋪絹呼曹韓。曹霸韓幹早已死，曇殊亦已歸
神仙。何物悲鴻亂潑墨，疲態端教馬不前。相肉
容易相骨難，世無伯樂使我心悽酸。時人賭馬聽聲
耳，當途用人何不然。君不見海濱用人重資格，銜
頭學位敲門磚。駑駘得志騏驥老，多少名馬伏櫪辱
於奴隸之手邊。」這裏我用韓昌黎「世有伯樂」。

另外有首〈水調歌頭〉，「潮青」即曾希穎老師，他
早期叫藻雪堂，後來叫潮青閣，晚年叫風折堂。杜
甫有詩「綠垂風折筍」（〈陪鄭廣文游何將軍山林〉
第五首）。他晚年周身風濕骨痛，他說「有幾多風流
就有幾多折墮」，所以叫風折堂。〈逝世二十四周年
感賦〉一詩我作了很多年了。曾老師炮兵科出身，
所以說「學劍赴殊域」。「羅剎記曾遊」，羅剎即蘇
俄、俄羅斯。「自憐身手天挺，激烈拍吳鉤。躍馬
風鬃霧鬣，雪地冰川俯仰，醉臥酒壚頭。」「懷裏
看紅袖，豪傑解溫柔」，他在俄羅斯有個情人，還
生了兒子，以前常開玩笑說蘇聯領袖布里茲涅夫或
是他的兒子。」說兵法，談國事，志難酬。一腔熱
血，歸來潦倒老芳洲。情託詩詞書畫，閒寄春花秋
月，文苑逞風流。憑弔塘西路，百感思悠悠。」「思
悠悠」我用白居易〈長相思〉：「（吟唱）汴水流，泗

水流，流到瓜洲古渡頭，吳山點點愁。思悠悠，恨悠悠，恨到歸時方始休，月明人倚樓。」

另外有首〈賀新郎〉，「壬午秋日偕李鴻烈何文匯陳江耀李幸星謝彩雲李靜雲集嶺南會所夜飲」：「莫問功名事。愛平生、嶔崎磊落。尚存知己。沽酒樓頭應酣醉。悟得浮生妙理。舉杯處、最憐諸子。今夜豪情千萬丈。笑談間、領略閒滋味。齊拍手、吾狂矣。　　堆盤蔬果魚蝦美。把新詞、高聲唱徹。風雲俱起。天許吾曹揚風雅。惜取高山流水。文苑裏、人物餘幾。從此旗亭須頻到。認嶺南、題壁休忘記。陳謝在、並何李。」這是我填的詞，希望大家指教。

我家中一無所有，全是書與畫冊。我看很多古人畫冊，就歸納出一些理論。我現在已沒有寫畫了，以前跟曾希穎老師時有，他寫過很多畫。我第一首論顧愷之，他是「傻仔」。畫好，癡絕人物。我說「人物吾憐顧虎頭」，他叫顧虎頭。「還看文采逞風流。雄才天挺情癡處，借問當年孰可儔。」他曾喜歡一女，將女子畫入畫中。有人說用鐵釘釘在畫中女子的胸口，該女子便一心向他。他真的釘了下去，但後來該女別嫁。可見顧愷之是個癡直之人。

李思訓是北派山水，北派山水金碧輝煌。其子叫做李昭道。「春山行旅歎雄奇」，他的名作是〈春山

行旅圖〉。「筆力蒼堅不世姿。金碧輝煌開北派」，
王維是南派。「李家父子最堪師。」「堆胸邱壑啟
南宗」，王維是南宗。「潑墨維摩世獨雄」，王維別
字維摩就從此來，摩詰、維摩詰。「長憶東坡推許
處」，東坡說他「詩中有畫，畫中有詩」。他在安史
亂時曾任「偽職」（出任安祿山朝廷的官職），後被
追究。所以各位寫字、畫畫、作詩、填詞，萬一遇
困，莫要不快頹喪。王維做了「漢奸」，無路可走，
便隱居去。他有兩句詩「行到水窮處，坐看雲起
時」，對嗎？水越窮越盡，天上另有一番光景，對
嗎？吳道子。吳道子與王維比，蘇東坡有詩作過公
平的批評。王維是真文人，寫字又寫畫；吳道子是
畫師，畫師是職業，作品多少受職業限制。我說：
「浪跡堪誇入洛時，寺中壁畫苦摹之。嘉陵山水真
奇絕，奉詔圖成筆一枝。」曹霸畫作我未曾一睹，
家中亦沒有他的畫冊，只在杜甫詩〈贈曹將軍霸〉
中得見。「老杜詩中識此曹，能圖馬骨格尤高」，馬
不是肥便能跑，反要瘦。一個一百六十多磅的人去
賽跑，必定不行，對嗎？「時流重肉真堪笑，弟子
韓郎杜自豪」，他的學生韓幹卻專寫肥馬。

又提及荊浩、關仝：「畫到荊關易鼓旗，開來繼往
兩宗師。秋山簡樸寒林澹，景少意長天下奇。」買
畫不一定要買那些寫得密密麻麻的，最重要的是有

境界。有人去花市買梅花，要買多花的、盛開的。
其實梅花是疏疏落落最好——「疏影橫斜」。每一枝
梅枝是獨特的圖案，頭髮亦然，太多便混亂不清。
疏影要橫斜，梅花不用多。龔定盦（自珍）說梅花
多乃病，更著〈病梅館記〉。「疏影橫斜」還要「水清
淺」，在清淺水邊賞梅；「暗香浮動月黃昏」，梅花
是淡淡幽香。各位女同學塗香水時亦不會把一整樽
Christian Dior 倒在身上，否則味道濃得令人作嘔。
淡淡幽香，一兩滴便夠。所以「疏影橫斜水清淺」
呀，「暗香浮動月黃昏」呀。「景少」，但要「意長」，
「天下奇」。

董源。「北苑傳燈最上乘，心香一炷屬南能」，南
能即惠能法師。「元明多少丹青手，盡列門牆乞墨
繩。」

巨然。「落筆真能意在先」，作詩也要緊記落筆時意
在筆先，必先構想欲寫的對象才動筆。「崢嶸奇石
烘雲煙。眼中自有宗師在，合甚禪龕拜巨然。」巨
然是和尚。

李成、范寬。「平遠寒林君獨步，世間誰識李營
丘。能師造化范中立，不屑臨摹高一籌。」

「千秋絕愛早春圖」，《早春圖》乃郭熙所繪。「刻畫
精微不易趨。自有風華高北宋，追攀後學枉為奴。」

文同，蘇東坡老朋友。「高人不可居無竹」，「與

可」乃文同別字，「與可胸襟自絕倫。萬物俱忘惟竹在，莊生妙境在凝神。」

蘇軾。「說道幽花如處女」，「幽花如處女」五字乃東坡詩。「更憐瘦竹比幽人。大蘇墨采軒騰氣，萬世驚呼老斲輪。」「老斲輪」句出《莊子》。

米南宮。「墨色清新氣自奇，看渠大筆極淋漓。底須脂粉汙顏色」，其作多為水墨畫、無顏色，「莫笑英雄不合時。」

李唐為南宋畫家，畫作無人買，但他的畫其實畫得很好，他對面有人寫牡丹，很多人買，其妻常罵他，所以他說：「早知不入時人眼，多買胭脂畫牡丹。」「筆力縱橫斧劈皴」，可看《芥子園畫譜》，有種筆法叫「斧劈皴」。「江山磅礡境尤新。宣和畫院李唐在，掃卻凡間一輩人。」

馬遠、夏珪，溥心畬的畫學馬、夏的。「殘山賸水已無多，奈此東南半壁何。馬夏赤心誰解得。」因南宋偏安，其畫全為半壁河山。「情深一往到關河。」

梁楷，有一潑墨畫畫一名肥和尚，乃梁楷之作。「寥寥數筆絕精能，栩栩何妨認墨僧。畫境自高人物在，公麟道子是師承。」

趙孟頫及其妻管道昇。「趙管風流筆有靈，閨房商略到丹青。官家自有興亡恨，縮得江山入畫屏。」

黃公望即黃子久，畫《富春山居圖》。他是黃家的養子，有「黃公望子久矣」之說，故名黃公望，別字子久。「畫卷端應首大癡，重巒疊嶂境彌奇。富春江色虞山夢，非霧非煙有所思。」

倪瓚，即倪雲林。「疏澹雲林矜逸品，世間煙火亦須休。清高絕俗人如畫，焦墨點苔天際游。」

王蒙。「龍泉絕壁歎縱橫，蕭散迴溪黃鶴情。莫辨端倪風到處」，自號黃鶴山樵——「山樵夏日盪天聲」。

沈周，沈石田。「麤細俱能沈石田，線條皴點極蒼堅。長林巨壑驚雄概，名與丹青萬古傳。」

唐寅，沈周學生。「蘇州畫派認東村，藍蒨難爭青絳尊。山水清新人物秀，桃花庵裏墨留痕。」

文徵明亦為沈周學生。「一山一水縱行書，古木寒泉極愛渠。客夜橫塘看積雪，授琴小閣欲逃虛。」

石谿，黃賓虹的畫就是學他的。「畫須變化境常新，何必成規學古人」——他光頭，故號白禿——「白禿匠心能獨運，潑將濃墨挺嶙峋。」

石濤，大滌子。「誰能開派到江湖，高士喬松興不孤。後世知音大千子」，張大千多仿石濤，「縈青繚白墨猶濡」。

弘仁。「黃山質樸氣靈奇，疏樹谿亭淡選姿。未負平生邱壑興」，他又名漸江，「漸江非不合時宜」。

八大山人。「模山範水老遺民，花鳥流傳更有神。隱姓埋名心甚苦，眼空兜率是前身。」

陳洪綬，又叫老蓮，陳老蓮。「（老蓮）人物勝仇唐。衣袂風神孰可當。亭榭林泉多變幻。群花禽鳥亦生光。」

清朝有四王，王時敏、王鑑、王翬、王原祁。「能依傳統放光芒，論畫休輕彼四王。今日東塗西抹手，競新欺世太猖狂。」

黃賓虹。「近百年間闕標舉，論人吾欲重賓虹。墨焦筆拙能狼藉，不讓髠殘世獨雄。」髠殘即石谿。

張大千。「壁畫敦煌見大千，石濤松韻古今傳。早期山水吾尤重，時價焉能定此賢。」

李研山。「四王而後李居端，堪與前人結古懽。嶺表丹青光萬丈，回看蘇井挺煙巒。」

溥心畬。「名家猶數舊王孫，南宋支流彼獨尊。莫向西山采薇蕨，聊從東海望中原。」

鄧芬，他是個傳奇人物。中國以前寫古人仕女皆為官家仕女，儀容端莊。但太端莊就不夠活潑，鄧芬便寫江湖女子、寫採蓮人，所以特別受歡迎，傳統派則批評他「有時氣」。女子雖美而不笑，便似躺在殯儀館中供人瞻仰，又有何用，對嗎？當然要活潑。鄧芬，即「曇殊」。「曇殊妙筆寫佳人」，他寫羅漢，亦寫馬：「尊者清臞歎鳳麟。世上豈無千里

馬，亟須開卷睹風神。」

最後我便寫我老師，曾希穎。「諸家兼采付洪爐，
天挺奇才雄萬夫。睥睨當今高格調。長留墨跡在江
湖。」

好，先講到這裏，看看有甚麼可以討論？

鄺健行教授： 多謝。洪老師今天所講，一句蔽之，就是貼心話，
將最貼心的話説出。現在尚有一點時間，大家有何
問題就趁機會多向洪先生請教。

洪肇平先生： 都是隨口説説，無甚麼系統。

朱少璋博士： 很有意思呀。

鄺健行教授： 盡量請教。

朱少璋博士： 聽洪老師説，詩壇就像一個武林。

洪肇平先生： 對。

朱少璋博士： 剛才聽洪老師的經歷，就像有一個小伙子屢有奇
遇，如武俠小説中學到功夫、絕技；很有趣。

洪肇平先生： 我跟你説一件曾希穎老師的妙事。以前有間高陞茶
樓，在舊中央街市對面，後來大華國貨公司就在那
裏。有一天，吳肇鍾以及畫家李研山數人約曾希穎
老師到高陞飲夜茶，以前有夜茶。那時曾老師在家
已飲到醉醺醺，去到茶樓，伙計拿着水煲斟茶，誰
料手勢不好，濺得曾老師滿衫是水。曾老師就一
手搶過水煲，一拳打過去。他不懂功夫，但受軍事
訓練，伙計應拳流鼻血。其他伙計即關上鐵閘，各

拿武器要打曾老師。幸好當時吳肇鍾是白鶴派掌門人，有很多徒弟呀，如鄺本夫、陸智夫等。

朱少璋博士： 陳克夫是他徒弟嗎？

洪肇平先生： 甚麼「夫」，都是白鶴派。

朱少璋博士： 即與吳公儀打擂台那個（陳克夫）？

洪肇平先生： 對。那時吳肇鍾出來排解，他說不可打人，只可報警。後來曾老師被拉到警局。曾老師有個教救恩書院的學生叫湯定華，他即刻打電話給曾老師的次子（曾昭科）。

鄺健行教授： 對。

洪肇平先生： 曾昭科做警司，後來返回大陸。他擔保曾老師出來。

朱少璋博士： 大家看看還有甚麼要請教？

董就雄教授： 洪老師可跟學生談談你寫詩的步驟嗎？如你要寫首詩，你第一步會怎樣？讓學生可參考、學習。

洪肇平先生： 我作詩有幾種情形。一種是突然間有感慨，就即刻寫；另外有時是被迫寫，甚麼叫被迫寫呢？有一年何文匯博士辦徵詩比賽，他駕車來樹仁接我和何乃文去飲茶，我就寫了一首詩寄給他們。他們都一直和詩，我就被迫一直唱和下去，後來亦把唱和詩印成一本《香港詩情》。另一種情況是有時突然想到兩句，就為這兩句寫成一首詩。另外又有些懷念朋友的詩，這幾天又有朋友不在，我又寫了一些詩。

董就雄教授： 即是你往往先想到了一些句子？

洪肇平先生： 有時是，但不是經常，有一些是有感而發的，所以
要意在筆先，用心構思，然後下筆。如〈長恨歌〉，
白居易之構思層次，想像力十分精妙，當其寫楊
貴妃死後，唐明皇委託尋找貴妃的道士「升天入地
求之遍」，「上窮碧落下黃泉」，但是「兩處茫茫皆
不見」。因為貴妃曾出家為道士，玄宗是信奉道教
的，貴妃死後，既不上天堂，亦不入地獄。白居易
筆力一轉，「忽聞海上有仙山」，另開一個新境界，
其想像力之豐富，使人為之擊節。近日有一架馬
來西亞的飛機無端消失於此世界中，不禁使人想起
「上窮碧落下黃泉，兩處茫茫皆不見」，古人的詩可
以引發今人之共鳴。白居易〈琵琶行〉寫歌女之遭
遇，並加入了自己被貶的事實，用了「同是天涯淪
落人，相逢何必曾相識」，把兩件不相關之事，連
串成一首大家都有同類身世之感的名作，使人低徊
不已，此「神思」之妙用也。

董就雄教授： 你較多作酬唱或交際詩，寫這些詩最重要是甚麼？

洪肇平先生： 酬唱詩只佔我生活一部分，會與朋友聊天、創作，
但我多寫自己的感觸。就像我讀經緯書院時班中有
一和尚叫源慧法師，四十九歲死了。我們常在他掛
單的青山安養精舍雅集。我見到一張相片，便寫了
「山腳平台古寺深，曾題詩處怕重尋。經爐寂寂高

僧渺，松韻蕭蕭秋夢沉。雅集當年餘獨唱，風懷此
際與誰吟。又披舊照吞聲後，惘惘看天對暮陰。」
都是寫交友，感觸較多。但有時也會唱酬，每年年
初一劉衛林定有一首詩拜年，我便要答一首，他又
再傳一首次韻……還好他現在沒有傳真機了。

鄺健行教授：你怕甚麼？（笑）

洪肇平先生：我有個同學，你們應該認識的，他叫常宗豪。他死
後有人替他辦遺作展，我見他有篇〈洛神賦〉給杜
祖詒，我便寫了一首詩，「悠悠生死別經年」，這句
出自白居易〈長恨歌〉。「悠悠生死別經年，往事何
堪散似煙。最是傷心人已去，尚餘遺物世能傳。」
他酒量很好，所以說「酒來寂寞杯應冷」。「風雅凋
零社亦穿」，愉社現在也解散了。「我欲呼天問奇
字，洛神賦裏好參禪。」這些都寫感慨，所以並非
全部是唱酬。

朱少璋博士：洪老師，我看老師你的詩，似乎傾向七言較多。想
請教洪老師是否覺得七言比較配合你的情思呢？

洪肇平先生：我不止寫七言，亦有很多五古，以後影印一些給你
看。

朱少璋博士：在體式方面，老師認為甚麼時候適合五古，甚麼時
候需要七絕呢？

洪肇平先生：如果有好多內容，我一定用五古。例如悼友的都用
五古發揮，可以盡傾所感。我寫了不少五古，都學

東坡及鄭海藏；七古也有，但不是太多；五言排律
最少，只做過一首。

朱少璋博士：我想多問一個問題。洪老師說學前人詩，學詩者幾
乎都學前人的詩。老師你學兼葭樓黃晦聞，黃晦聞
學陳師道，那為何不直接學陳師道，而要從黃晦聞
上接陳師道呢？

洪肇平先生：近人生活感情比較接近，容易入手。如果你一開始
就學李太白，我相信不容易學得到。五四新文化運
動時，七言律詩做得最好的我覺得是郁達夫，郁達
夫學兩當軒黃仲則。但不可以永遠只學近人，而最
終是要接入古人，這樣比較好。有個人學陳師道及
蘇東坡，因陳師道較滯、東坡思想則較靈活。他叫
林旭，字暾谷，福州人，是維新運動六君子之一，
可惜二十四歲便給殺頭。他詩學陳師道，但他不
滯，更有一點兒東坡的意境。他妻子是沈鵲應，
十九歲，填詞的。她祖父是沈葆楨，在清朝當好大
的官，沈葆楨外父是林則徐。我是福建晉江人，清
朝時福州有很多讀書人，如陳弢庵、陳太傅（寶琛）
等，陳寶琛的《滄趣樓詩》寫得非常好。不過有幾
個後來做了漢奸，梁鴻志也學海藏，但後來被處決
了。另一個黃秋岳，另一個我忘了姓名，全部是福
州人，那邊當時好多詩人。嚴幾道的詩也好，還有
林琴南，那邊文風比晉江要盛。

董就雄教授：請問你那本自抄詩集選詩最主要選哪幾家呢？

鄺健行教授：選本用來教學生呢？還是另有用途？

洪肇平先生：沒有用這選集教學生，因學校有課程，但如果跟我
關係較好的學生，我會讓他們拿去影印。七律我選
杜甫、柳宗元。柳宗元詩沉鬱，因他常被貶。「城
上高樓接大荒」，《唐詩三百首》中也有這首。「海天
愁思正茫茫。驚風亂颭芙蓉水，密雨斜侵薜荔牆。
嶺樹重遮千里目，江流曲似九回腸。共來百越文身
地，猶自音書滯一鄉。」這首很好。又如「一身去
國六千里，萬死投荒十二年」，我喜歡這類比較激
烈的作品。

柳柳州之外，我喜歡杜牧，如「江涵秋影雁初飛」
那首。我每一家都選好多首，又如溫飛卿（庭筠），
「曾於青史見遺文，今日飄蓬過此墳。詞客有靈應
識我，霸才無主始憐君。」溫飛卿詩頗倜儻，我頗
喜歡。

另外還有許渾、韓偓（冬郎）、劉滄；唐彥謙、吳
融、韋莊（端己）、羅隱（昭諫）等這些晚唐詩人。
《唐宋詩舉要》內選了羅隱一首詩，寫得很好：「一
年兩度錦江遊，前值東風後值秋。芳草有情皆礙
馬，好雲無處不遮樓。山將別恨和心斷，水帶離聲
入夢流……」「一年兩度錦江遊，前值東風後值秋。
芳草有情皆礙馬」，這個寫景。草生得長好似不許

我的馬前進，想把我留住，寫作上叫移情作用。芳草未必不想你走，但我說它不想我走，這就叫移情作用，將我的感情移上去。杜甫走難，見到花上露水，「感時花濺淚」。如果你讀生物，你一定拉杜甫去看神經科醫生，對嗎？「感時花濺淚，恨別鳥驚心」，鳥驚不驚心？這用莊子，你知魚快樂嗎？對嗎？即我覺得牠驚心。「好雲無處不遮樓」，好雲遮路，實在是它不想我走。「山」牽「別恨」，一座座山「和腸斷」，「水帶離聲入夢流。今日因君試回首，澹煙喬木隔綿州。」

之後是蘇軾，我很喜歡他。他把貶官寫得好倜儻，「人未放歸江北路」，今日尚在江南，不肯讓我去江北。為何？他不怨罵皇帝，而是「天教看盡浙西山」。上天說未看盡浙江的山，否則不放行。先生留堂不是難為你，是因為你未讀完書，你再看看吧。

蘇軾之後是陸游，陸游我也喜歡。陸游有首詩寫給他的老師陳阜卿，非常感人。陸游與秦檜的孫同一屆考進士，秦檜寫信給主考官，要自己的孫兒第一。怎料考官（陳阜卿）評陸游第一，後來先生（陳阜卿）和陸游都丟官，所以陸游有詩給陳阜卿，寫得很好。「冀北當年浩莫分，斯人一顧每空群」，懂得欣賞千里馬者不多，「國家科第與風漢，天下英

雄惟使君」，肯公正評分只有老師你一個。就如你們讀書，肯評分公正的便是鄺教授了（笑）。「天下英雄惟使君。後進何人知大老」，大老二老出自《孟子》，「橫流無地寄斯文。自憐衰鈍辜真賞，猶竊虛名海內聞」。

另外就是元遺山（好問），接着就是鄭孝胥（海藏樓），海藏樓我很喜歡。海藏樓所有的梅花詩都是情詩，他的情婦金月梅是京劇花旦，曾與他同居三年，所以他的所有梅花詩都是情詩。他有一個學生，寫的詩與他相似，就是歷史家孟森，「三木森」，孟心史是學海藏的。另外還有陳寶琛，最後就是我所宗的曾希穎，因為我受他影響最多最深。大概就是這些，這些自抄的材料，學生喜歡便拿去影印，我上課也會用來教學。還有甚麼想談談？

鄺健行教授：差不多了。

璞社古典詩藝座談會
（第三會）

日期：二〇一五年一月二十五日

講者：朱少璋博士

講題：因情定體——談詩歌創作「情」與「體」的配合

過錄：張軒誦

鄺健行教授： 由去年開始，我們稍作改變，每兩至三個月邀請嘉賓主持座談會，分享有關創作古典詩的話題，今天我們很高興請到朱老師。朱老師各方面都多才多藝，他能寫新文學的作品大家都知道。事實上，他除了寫新文學作品外，舊體詩亦寫得非常好，很有心得。外面的人經常請朱老師講話，我相信是談新文學方面為多。也就是說，朱老師一半的知識外流了出去，但還有一半尚未發表，那一半未發表的，我們不能浪費，所以我們今天請朱老師透露一點點給我們，好讓我們聽聽他的高見。相信我們聽過後一定會受益不淺，那我不多說其他話了，請朱老師開始。

朱少璋博士： 謝謝。今天有鄺（健行）老師、梁（巨鴻）老師在

座，大家看見我所預備的講義就知道，今天我不是來主持講座或座談會，我其實是來做口頭匯報的，請老師看看做得是否理想吧。先感謝鄺老師的安排，也要感謝張志豪詩友，他幫忙在《明報・明藝版》發佈了是次活動的消息，希望外面的人也知道原來香港有一群喜歡古典詩的人，每個月在這裏聚會。感謝志豪之外，也要感謝張軒誦詩友幫忙做記錄。這份講義編得比較詳細，讓我的講演節奏可以明快些，其次亦方便做記錄的同學，特別是引文方面，不用抄錄得那麼辛苦。

我先講一下今天的題目，副題很清楚，就是談詩歌創作「情」與「體」的配合。至於大題則有需要略作說明，「因情定體」這句話其實節改自《文心雕龍・定勢》中的「因情立體」。當中的「立」似乎有建立的意思，而我不敢用。事實上，我們今天寫詩也是根據前人的格式、體裁去寫，我們並不是說去建立一種新的「體」，所以我把它稍作改動，改易為「定」，意思是創作時選擇或決定用哪種「體」。而大題目中的「情」，是取其廣義，可以是「感情」，也可以是「事理」，這些都是我們寫詩歌時的主體內容。我要說的就是在創作的過程中，我們有些東西要表達，我們用古典詩來表達，但古典詩也有很多不同的體式，那麼我們究竟如何考慮？或會不會

考慮用甚麼體式去表達、配合不同的感情？以下我將從這角度去討論，但最後卻未必有結論，但我想提出來讓大家思考。在座很多朋友或同學都寫詩，而且寫了很久，我們是否可以思考一些更細微的角度？比如說，寫一首詩該用七絕還是五律呢？我們要怎樣考慮？又怎樣作出決定？

「情」和「體」的配合，如果從宏觀的角度看，其實很容易理解的。譬如說我現在想寫某些事情，你總會想一下你用甚麼體裁去裝載——你說：我何不寫一篇小說？或者寫一首新詩？或者寫一篇散文？諸如此類。這其實都是關乎「體」的選擇，但我們今天所談論的範圍會縮窄一點，只在古典詩的範圍中討論。比方說，古體、近體，近體中的五七言律、絕、排律等，從這些我們比較常用的體式中加以說明。甚麼情配甚麼體，這其實很有意思。

大家應該都看過金庸先生的《笑傲江湖》，《笑傲江湖》中有一章談及「論杯」的，這一章非常精彩，話說是祖千秋跟令狐沖兩個酒鬼在論杯——不是論酒，是論杯。當時令狐沖請祖千秋飲酒，祖千秋就說：你怎麼可以隨隨便便地就把這酒給喝了？甚麼酒配甚麼杯是有講究的。當時令狐沖說：「哎呀，我也是一時疏忽了。」就向祖千秋請教。祖千秋就說了一大段用杯的學問，說喝汾酒應該用甚麼杯，

喝黃酒要用甚麼杯……。其實，如果我們把祖千秋「論杯」的學問套用在詩歌創作中，情況也很相似。某一種感情、某一種事、某一種內容，配上相應的體式便會更加好，相得益彰。

但如果我們刻意不按常規常理作配合，也未嘗不可。所以說，要求「情」與「體」之間的配合，其實有兩個目的。其一是追求合適，即依照過去的經驗而作的決定，但倒過來做可行嗎？也是可以的，那就能營造一種陌生感，那是刻意違反成規，改變傳統。就如酈老師曾說過的：故意戴一頂綠色帽子，穿一條橙色褲子。雖然有點奇怪，但「怪」能讓讀者感到陌生，有新鮮感。例如我們刻意在盛紅酒的優雅玻璃杯子中放兩枚排骨，按道理是不合適的，但又說不定會產生出另一種特殊的藝術效果。不過我們今天所說的，主要還是着眼於討論「合適」的問題，而不是「特殊」的問題。

我們先由一些理論切入，然後再看一些與我們很親切的個案。《一瓢詩話》中的有以下說法：「分題拈韻，詩家之厄也。題與詩必須相配，才有好詩。看此題宜作何體，然後據體構思，庶幾當行。一遭牽合，未免捉襟見肘。」說「分題拈韻」是最不好的事。為甚麼？因為裏面談及，寫一首詩是講求配合的，甚麼內容要配合甚麼體、配合甚麼韻。而不是

說我限制着你用甚麼韻、甚麼體去寫，如此則寫不出好詩了。所以《一瓢詩話》的結論是：「一遭牽合，未免捉襟見肘」，效果是不好的。所以「體」和「情」的配合是需要考慮的，而不是胡亂拼合的。

我以大家所熟悉的近體五七言律絕為例。《藝概》裏也說過——當然這並不是金科玉律，只不過證明前人是很重視「情」與「體」的關係的：「五言質，七言文；五言親，七言尊。幾見田家詩而多作七言者乎？幾見骨肉間而多作七言者乎？」《藝概》說五言的特色比較「質」，會不會就是說比較樸實一點？七言比較「文」，五言比較「親」，七言比較「尊」。當然這是比較抽象式的評論，但我們如果有寫詩的經驗，你又不會感到太抽象。七言比較「尊」，所謂「尊」是否感覺比較莊重？五言是否比較質樸？當我們寫到某一個專題時，例如我讓你詠史，或者讓你寫一個詠山水的作品，不同的內容，不同的情事，所配的體又會有所不同。《藝概》說七言有「尊」的特點，所以：「幾見田家詩而多作七言乎？」就是說那些寫田園氣息等等的詩似乎就比較「質」，因此以七言成篇的不多。《藝概》的說法當然並非科學上精確的歸納，所以你一定能找到例外的個案，但總體上創作還是有此默契、有此傾向的。如果你是一個詩人、作者，能夠與讀者——及格的讀者，建立出

在體情上的默契，你的作品會更加好。後面第二點他提及，五言與七言「因乎情境」，又會有怎樣的特色變化，大家可以回去看看，《藝概》在這方面談得很多。

《學詩百法》是拼湊成文的，其實跟《藝概》所講的也差不多，當中談到：「五言絕詩，重在真切，故質多勝文；七言絕詩，重在高華，故文多勝質。」「五言絕詩，重在真切，故質多勝文」，就是說，五言是傾向「質」的。七言絕句方面，《學詩百法》說「重在高華，故文多勝質」。各位寫詩時，究竟是用五字句還是七字句？這些看似微不足道的決定原來在某程度上已經為整個作品定了調。我們透過一些個案看體與情的配合是否真的如此重要。

在《竹莊詩話》中引錄的一段《嬾真子》的材料：「……皎然欲見蘇州恐詩體不合遂作古詩投之蘇州一見大不滿意繼而皎然復獻舊詩蘇州大稱賞……」，話說皎然見韋蘇州時，向韋蘇州出示的是古詩，韋蘇州看了，覺得並不恰當，你看「體」是多麼重要。

《西清筆記》裏所說的更值得注意：「丙申兩金川平定，群臣恭上詩冊，一日召見，問曰：爾用何體？對曰：五言古詩散行序。」當時因為戰事完結，臣下少不了要向王帝獻媚表忠，寫詩歌功頌德，當時

皇帝召見大臣，問：你歌頌我平定兩金川的事，「爾何用體？」別的都不過問，獨問你用的是甚麼「體」，大臣答用五言古詩，就是說，假設他用錯了體，可能就龍顏大怒亦未可知。不是說不能寫，而是是否得體。似乎採用五言古詩寫這類歌功頌德的內容比較適合。以上的材料都能看出前人非常重視「體」的問題。當然，方才所舉的兩則例子未必很普及，我們不妨看一些更為普及的例子，這些例子都涉及名作。

譬如大家熟悉的孟浩然，孟浩然有一個作品是非常著名的，成為我們傳統所謂干謁詩或干祿詩的代表作，就是〈望洞庭湖贈高丞相〉，或者叫〈上張丞相〉。這作品今天流傳的版本是八句本，即是五律：「八月湖水平。涵虛混太清。氣蒸雲夢澤，波撼岳陽城。欲濟無舟楫，端居恥聖明。坐觀垂釣者，徒有羨魚情。」這作品大家都知道它的主題吧，前半段寫景，後半段其實才是主旨，道出自己也有出仕為國效力之心，這詩寫給當時的張九齡丞相。但是，這作品在敦煌抄本裏，只有四句，詩題卻是〈洞庭湖作〉——「八月湖水平，涵虛混太清。氣蒸雲夢澤，波動岳陽城。」——與傳世的八句本首四句微異。那些字眼上細微的相異，不在討論之列，我要觀察的是「體」的問題。四句的版

本純粹寫景，五言絕句就可以了，但如果要用作干祿，要顯示出自己對國家有報效之心，五絕可能不算得體，所以多加四句，變成一首五律的作品。此非孤證，其實孟浩然還有一個作品，也是干謁的作品，巧合地也是一首五律：「北闕休上書，南山歸敝廬。不才明主棄，多病故人疏。白髮催年老，青陽逼歲除。永懷愁不寐，松月夜窗虛。」這作品談及「不才明主棄，多病故人疏」，說自己有心報效國家，但似乎報效無門。孟浩然會不會認為寫這類干祿、干謁詩，用五律表達會比較好？所以各位同學他日如果打算應徵，要寫首詩應徵的話，就要考慮一下，可能用五律會比較恰當。此外，當然還有一例更為著名，就是白居易的〈賦得古原草送別〉，大家都知道這首名作吧：「離離原上草，一歲一枯榮。野火燒不盡，春風吹又生。遠芳侵古道，晴翠接荒城。又送王孫去，萋萋滿別情。」白居易把詩給顧況看，某程度上也有干祿的意味，當然他那時更可能是「溫卷」，他也是用五言八句的「體」去寫的，體式選擇的原則與孟浩然的選擇原則非常相似；似乎唐人在「體」的選擇上都很有默契。

另外，又有一個例子，我們看祖詠〈終南望餘雪〉——我盡量舉些大家熟悉的例子。這作品很有意思，《唐詩紀事》說祖詠當時應該寫五排，六韻十二

句，題目是〈終南望餘雪〉，祖詠卻只寫了四句便交卷：「終南陰嶺秀，積雪浮雲端。林表明霽色，城中增暮寒。」執事者問：「為何你只寫四句，不完成其餘那八句？」祖詠答：「意盡。」我們一般看這個案時，會認為祖詠的決定是基於「精簡」的原則，這固然不錯，但如果從詩的體裁選擇上說，其實祖詠也是在選擇一個能配合「終南望餘雪」的體式，要配合這題材，祖詠大概認為寫五言絕句比寫五言排律更好。當然，我們得問一下祖詠是否如此，今天我們只能作推測而已，祖詠是不是在體式上作出選擇？如果是，那就很值得我們參考了。

韓愈有一個作品叫〈元和聖德詩並序〉，他在詩的短序中給我們很大的啟發，我在短序中標出幾個重點：「臣愈頓首再拜言：臣見皇帝陛下即位已來，誅流奸臣，朝廷清明，無有欺蔽。外斬楊惠琳、劉辟以收夏、蜀，東定青、徐積年之叛，海內怖駭，不敢違越。郊天告廟，神靈歡喜，風雨晦明，無不從順。太平之期，適當今日。臣蒙被恩澤，日與群臣序立紫宸殿下，親望穆穆之光。而其職業，又在以經籍教導國子，誠宜率先作歌詩以稱道盛德，不可以辭語淺薄，不足以自效為解。輒依古作四言〈元和聖德詩〉一篇，凡千有二十四字，指事實錄，具載明天子文武神聖，以警動百姓耳目，傳示無

極，其詩曰：皇帝即阼，物無違拒。日暘而暘，日雨而雨。維是元年……」他說自己要率先作一首詩歌以稱道盛德，接着他說「輒依古作四言一篇」，也就是說，他認為這種歌功頌德、異常莊重的內容，似乎該用古體，而且是四言的古體來寫，方能配合，才是好的作品。韓愈在此也考慮到「體」的問題，這很值得我們思考。

另外，有一條很有趣的「間接」材料，大家看《紅樓夢》七十八回「賈政老學士閒徵姽嫿詞」，這「姽嫿」原來是褒義的，如果別人叫你「姽嫿」是一件好事，「姽嫿」是說女生漂亮，那讀音比較奇怪。就是說，賈政想為林四娘作輓詞。那麼，林四娘是何許人？有很多傳說，粗略地說一下，她是明末的一個女子，衡王的寵妃，或者有人說是她歌姬。她組織娘子軍，去平定當時的山賊流寇，但卻死了，就是這樣的一個奇女子。在《紅樓夢》七十八回中談到賈政要為這位傳奇的林四娘作輓詞，命賈蘭、賈環、賈寶玉三人分別題詠，當中有一節「選體記錄」是非常有趣的：「賈政要為林四娘作輓詞，命賈蘭、賈環、賈寶玉三人題詠。賈蘭作七絕，賈環作五律，寶玉作七古。」寶玉選用七古的原因是：「這個題目，似不稱近體，須得古體，或歌或行，長篇一首，方能懇切。」書中說賈蘭選了七絕，賈環選了

五律，而賈寶玉則選擇作七古。賈寶玉選用七古，書中有個很明確的解釋，這無疑是曹雪芹借賈寶玉之口說的「選體理論」：你寫這類詩，要悼輓一位如此傳奇的奇女子、巾幗奇女子，應該用甚麼體？寶玉說：「這個題目，似不稱近體。」如果你寫這種題材，用近體是不行的，會不會過分輕佻？「須得古體，或歌或行，長篇一首，方能懇切。」所以賈寶玉就選用了七古。大家想想看，如果讓你寫一首輓詞輓一位「林四娘」，我們現在有沒有「林四娘」這種人物呢？挺難想像的，只是假設──你寫一首近體，可能太輕薄了，也許得作一首七古才夠份量。如果在選體上沒有用心考慮，比如「時間匆忙就寫五絕吧」，我認為這不能算是藝術考慮。

接下來，我們嘗試對讀幾首前人的下第作品：

賈島下第詩：「下第唯空囊，如何往帝鄉？杏園啼百舌，誰醉在花傍？淚落故山遠，病來春草長。知音逢豈易，孤棹負三湘。」

孟郊下第詩：「曉月為誰光，愁人難為腸。誰言春物榮，豈見葉上霜？雕鶚失勢病，鷦鷯假翼翔。棄置復棄置，情如刀劍傷。」

黃滔下第詩：「昨夜孤燈下，闌干泣數行。辭

家從早歲，落第在初場。青草湖田改，單車客路忙。何人立功業，新命到封王。」

郁達夫下第詩：「風急星繁夜，離愁比夢強。昨宵逢汝別，竟夕覺秋涼。豈是音書懶，都緣客思長。縱裁千尺素，難盡九回腸。小草根先折，大鵬翼未張。謝娘偏有意，憐及白衣郎。」

以下第為題材的詩，在唐代是非常多，同學可以作一個研究，這是相當有趣的。因為唐代有很多人「肥佬」（考試不及格），有考試就自然有人及第有人下第，按道理下第的人一定比及第的人多。你會發覺上面所舉的幾位詩人所寫的下第詩，都不約而同是五言的，而且唐代人寫的下第詩中，不少是五律，譬如大家看到講義裏的黃滔（唐代的黃滔）的下第詩、賈島的下第詩、孟郊的下第詩，無獨有偶，都是五律。是不是寫下第詩這回事，用五律是特別適合的呢？似乎唐人在這方面真能給我們一些提示。近現代又是否如此？我們看郁達夫的一首下第詩，這下第詩是五言，但並非五律。當時郁達夫專程回國考文官試，他料想自己一定能夠考上，因為他自恃很有才華，沒想到最終是落了榜。他當時用很鬱悶的心情寫了好幾首詩，其中一首就是我在

這裏引錄的下第詩。這下第詩是五言，不是五律而
是五排。我想，如果他選的體式是五排，那總該
有個藝術理由吧，因為郁達夫寫很多詩，詩藝亦到
了「方家」的地步，在選體上應該會有所考慮的。
他為甚麼選用五排？我覺得他是有理由的。我們知
道唐代考科舉要作詩，要求考生寫的正是五排。那
是說，郁達夫寫的下第詩是標準的應試詩，他巧用
「五排」這種體式去完成一首下第詩，其實相當有
意思。這類詩體應該是用作考試的，取功名的，但
他卻用來表達落魄、落寞、失意的感覺，這藝術意
味、氣氛就很有意思了，最低限度是一個藝術的安
排、藝術的選擇。無獨有偶，很多下第詩都叶七陽
韻，也不知道為甚麼，很奇怪。當然不是說所有下
第詩也得用七陽韻，但湊巧賈島、孟郊、黃滔，以
至近現代的郁達夫，他們的下第詩都是押七陽韻，
會不會是因為七陽韻裏有「傷」、「亡」之類的字呢？
「倉皇」一詞也很能夠表達下第失意的心情；這可能
是巧合，但我刻意把它們放到一起，也許我們加以
歸納後，能找到一些提示，這是很有趣味的。
再看袁枚的〈隴上作〉。這作品很多人讚賞，但傅庚
生先生則痛加批評，大家看看傅庚生先生的《中國
文學欣賞舉隅》就會看到傅先生對袁作的批評。

袁枚〈隴上作〉:

憶昔童孫小,曾蒙大母憐。勝衣先取抱,弱冠
尚同眠。鬢影紅鐙下,書聲白髮前。倚嬌頻索
果,逃學免施鞭。敬奉先生饌,親裝稚子綿。
掌珠真護惜,軒鶴望騰騫。行藥常扶背,看花
屢撫肩。親鄰驚寵極,姊妹妒恩偏。玉陛臚傳
夕,秋風榜發天。望兒終有日,道我見無年。
渺渺言猶在,悠悠歲幾遷。果然宮錦服,來拜
墓門煙。返哺心雖急,捨飴夢已捐。恩難酬白
骨,淚可到黃泉。宿草翻殘照,秋山泣杜鵑。
今宵華表月,莫向隴頭圓。

傅庚生先生在書中所批評這是袁枚「誇官」之作。
袁枚在作品中表面上悼念先祖,但其實是為了炫耀
一己的成就。傅先生的批評不無道理,比如「果然
宮錦服,來拜墓門煙」兩句,這「宮錦服」就很不恰
當,祭祖也穿得那麼華美,還要形諸筆墨,生怕後
世讀者不曉得你有功名似的;傅先生以仁者之心來
責備他。「恩難酬白骨,淚可到黃泉」也寫得不好,
似乎是為了對偶,下一句用上了「黃泉」,上一句是
否非得把「白骨」也捎來對一對呢?傅庚生先生不
喜歡這首詩似乎是有道理的。袁枚這種寫法不夠莊
重,而且語帶輕薄,是事實。傅先生還批評結尾兩

句，「今宵華表月，莫向隴頭圓」，在結尾處用否定句，如「別做甚麼」、「莫作甚麼」，這類結句多用於談兒女私情的作品，如果寫的是先輩祖輩，你如此下筆就非常失禮，很不莊重。我嘗試落井下石吧，既然傅先生都作出批評了，我多批評一句——回到今天的主題——我覺得袁枚在選體上不太恰當。大家都知道，我是最害怕寫五排的，這裏有五排高手在座（指董就雄博士），待會我們會請他分享心得。因為五排除了首尾兩組句子不用對偶外，中間全部都要對偶，而且對的都是律句，即是符合平仄組合的要求。就是說，如果你寫的是一個情真意切的悼念作品，而你用上了五排，而且還排得那麼長，這會否顯得匠氣太深了一點？讓人感到情感不真切。當然這並非百分百，我只是嘗試從這角度進行思考，因為中國傳統說「喪言不文」，袁枚在選體上是否「文」得過了限度呢？如果他寫的是五言古體，也許會否比較莊重些、得體些，因為不需要考慮律句、平仄、對句，發揮起來可能會更自然，用五排則容易流於造作，先不說內容上有沒有「誇官」之嫌，在修辭上好像也有誇勝誇巧之嫌。如果寫一首悼念先祖恩澤的詩，是否不太恰當？這都是值得我們考慮的。

說到這裏，大家對前人在定體選體上的考慮已有一

定的了解，我們不妨進一步思考，近現代人寫詩，例如璞社的社友寫詩，有沒有在情與體的配合上花心思呢？我會講一下個人的體會，但其他詩友也請談一下，交流這方面的心得。

以下我先借用《饒宗頤國學院成立慶賀集》(以下簡稱「慶賀集」)為討論起點。這個慶賀集由陳致教授負責組稿，由董就雄博士編輯。鄺老師應邀為慶賀集提供了一個作品，鄺老師是次不寫詩，而是寫了一篇長文。也許我先請鄺老師談一下，為甚麼在這集子裏，老師用上了「文」的體式而放棄用「詩」的體式？老師可以指點一下嗎？

鄺健行教授：我當時也有稍作考慮，覺得寫文，特別是以古文這方式去寫，好像比較莊重，與「國學」相符。寫詩固然可以，但我認為「詩」很難表達很莊重之感，所以我選擇用文，但不是寫駢文，而是寫古文。

朱少璋博士：換言之，也是經過了考慮，這是可以肯定的。

鄺健行教授：有考慮。同時我還有一層考慮，事實上當時我有話想說，想談一下上世紀五十年代以降，國學在香港流傳的情況，而寫詩是很難說得清楚的。

朱少璋博士：也許要得寫很長，是嗎？

鄺健行教授：很長，所以就用了文的體裁去寫。

朱少璋博士：鄺老師的選擇是破格的選擇，他不是在詩的體裁中選擇，而是覺得在這個案中，詩可能要擱下，而用

文的方法來寫。那如果寫詩的，又當如何定體呢？
我先說一下，接着請董博士和各位加入討論。當
時陳致教授向我約稿，我答應一定會為慶賀集提交
作品，答應了以後其實相當煩惱，因為不知道陳教
授邀約了誰，怕有比較，心情有點忐忑，如果寫
得差失了禮數就不好了。我其實寧願陳教授直接
說：「我們這次一律徵詩，全是五律或五排」，這倒
省事，我按照要求去寫就行了，但現在卻由我作決
定，其實更為痛苦，所以我告訴你，你真的別老想
着要自由。我想這回糟了，單是寫甚麼體已經很難
決定。最後我寫了一首五排，這五排是六韻十二
句的，標準的應試詩，即是唐代考文官試的那種寫
法：「國故延絲縷，經綸統緯綱。丈夫衽金革，君
子樹南強。小大皆同異，中西各歙張。火傳薪未
盡，鐸振道恒長。髦俊九能備，黌門六籍倡。菁莪
云濟濟，翹首仰宮牆。」思索良久，還是決定用五
排，原因很簡單，因為我想配合「國學院成立」的
主題，國學院成立似乎跟教育有點相關，我想，五
排不是很好嗎。再者，我把這首詩作為一份賀禮獻
上的時候，感覺上好像能夠營造一種比較謙卑的氣
氛，饒公看到的話，就好像他是我的座主，即是主
考官，我則如唐代的考生，一個無名考生，呈上一
首考試詩。那時候我純粹是作這樣的考慮，當然內

容好不好就另作別論了，但在「體」的選擇上，我是經深思才下決定的。當時董就雄博士提交的也是五排，但他的五排就不是六韻，而是幾十韻的，很厲害的，對吧？董博士可否談一下你當時的考慮？

董就雄教授：首先，很感謝朱老師分享的這個課題，我覺得朱老師的說法很能成立。「因情定體」，尤其所舉袁枚的例子，我覺得非常恰當，而且很適切。對於他剛才為自己寫五排所舉出的理由，我相當認同。我再說一點，我相信朱老師所說的「情」不單是感情，可能還包括了當時的場合。人情之間的結果，就是場合是否匹配，因為五排正如朱老師所說，它比較肅穆，比較有氣勢，而它之所以有氣勢是有原因造就的。第一，它講求對仗；第二，它講求用典；第三，篇幅上可能會比較長。在考試的過程中，詩人本身可能有顯示學養的動機在內，當然我們寫五排的時侯，未必是要顯示學養，而是循着這種已經約定了的「情」，承接這種「情」或者「格」，在適當的場合便用這種體來寫。我覺得五排很能配合這種讚頌式主題，有種昂揚的姿態，我期望國學院能一直辦好，用五排能突顯一種昂揚之勢。

朱少璋博士：多謝董博士給我們的指導，因為他寫五排很有心思，在這部慶賀集中用五排也很恰當，在體式上、內容上都非常好。好了，接着請耀章詩友發言，耀

章寫了一首五古，同樣是五言，耀章請你說一下，為甚麼你會考慮寫五古？可否分享一下心得？

李耀章詩友：我最初反沒有在體式上作考慮，甚至對體式與內容的關係也不太熟悉。作這首慶賀詩的時候，我想緊扣「國學」二字，所以我就用了學字所屬的韻部，即是仄聲韻、入聲韻，所以這詩最終用了上了五古的體式。因為取仄聲韻，所以沒有辦法。其次，可能自己寫五古相對上比較擅長，雖然水平也只是一般，但寫起來相對能夠暢所欲言。既然成立國學院是一件如此嚴肅的事，而且是給饒公寫的，所以我寧願避一避平仄或者對仗，用最自然的寫法，直接以五古表述我對國學院的賀意。

朱少璋博士：我覺得你一開始所談到的很有意思，牽涉到在叶韻上如何為全個作品定調的問題，將來可以在這方面深入討論。因為你想用「學」字，所以得用入聲韻，那幾乎一定要寫古體的了，看來「韻」和「體」也是血肉相連的，很有意思。龍傑詩友則用七古，龍傑，可以說明一下你選用七古的原因嗎？

余龍傑詩友：我的原因很簡單，因為我比較喜歡寫歌行體，所以就呈獻自己最喜歡的東西，這是我的性格。

朱少璋博士：你喜歡歌行體或雜言，寫起來也一定較有信心吧？就是說，寫自己擅長的。奕航詩友寫了七律，奕航，可以談一下你的選擇嗎？為甚麼你選了七律來

應付這件事？

劉奕航詩友：我草草歸納了四個原因，第一個原因，當時是董老師指示的。第二，我覺得唱酬和慶賀用七律比較好。第三，從結果上看，慶賀集的七律是比較多的，所以我也只是跟隨這傳統。第四，順應寫七律的潮流，因為現在好像是以寫七律為多，而且我認為七律容載的內容似乎比其他體裁寬廣。

朱少璋博士：好。談到這裏很有意思，我們細讀這慶賀集，你會看見在趨勢上確以七律為主，當然我們很難把所有寫七律的人都請來問一問定體的原因，但我推想各人的原因可能會很相似。並不是說這本慶賀集用七律才合理，但我們可以看到傾向是很明顯的，七律應該是一個很不錯的選擇吧，所以董博士建議奕航寫七律。

接着我們看看別的個案，《荊山玉屑》的初編收錄了璞社首次詩課（二〇〇六年六月的詩課），題目是〈浸會校園漫步〉，是「自由體」，即由學生、詩友、老師自己選擇適當的體式，這很有意思。當時寫五律的有四位，寫五古的有兩位，寫七律的有一位，寫七絕的有三位，從總體傾向而言，較多詩友覺得五律、七絕比較合適。接下來我想請董博士和酈老師談一談他們的見解。因為我翻查二〇〇六年六月的詩社記錄，當時少璋還未加入詩社，所以我

無法參與也無法回答，而當時的舊社員今天也多不在座，正是「二十餘年別帝京，重聞天樂不勝情。舊人唯有何戡在，更與殷勤唱渭城」，首先請「舊人」董博士唱一唱「渭城」吧，我已經把詩印出來了，你應該也有印象，你當時交了一首五律，一首七絕，請你就這兩個選擇談一談定體的原因。

董就雄教授：我呼應一下朱老師的先前的說法，其實當時我有點「下第」的感覺，於是就選擇了五律。所以我寫「惆悵孤身客，前途歎不明」，其實當時我剛由中大轉到來浸大唸書，對浸大環境不太熟悉，因此有這種感覺。至於七絕，我覺得七絕講求的是寫霎時間的感覺，我是這樣看待「情」的，我配合朱老師所說的「情」，凡寫五律，會有兩種感覺，第一是抒情，第二是高古。你寫一首五律、一首七律，即便你的五律寫得不及七律好，但卻較容易營造出一種高古的感覺，因為五古的節奏比較緊縮，所以我認為寫鬱結的，欲言又止的節奏是很好的。這也是朱老師所說的「因情定體」，即配合情感。而七絕，為甚麼又可以用來寫心事呢？因為它講求霎時間的感覺，只說一種感覺而已，而那種感覺一般的路向往往是明晰的，所以我覺得這首七絕能配合當時的心情，無論是要抒情你的悲，或者抒發你的喜，其實用七絕都是可以的。因為它是兼容性比五律更大的一種

體式。所以當時選擇七絕，可能純粹是寫完一首五律後，覺得意猶未已，便用另一種體式把那份感覺抒發得更突出一些。

朱少璋博士： 好，當年的詩課中，鄺老師寫了兩首七絕，似乎真能說明七絕是很能配合這題目的。未知鄺老師在這方面有何指導？

鄺健行教授：「漫步」是隨意散步，思考的東西是無所謂完整的，都是零星的感觸，有一點感觸所以就用了絕句來寫。就如董老師剛才所說的，這就是剎那之間的感觸。當時的想法我未必那麼清楚，但現在回看，七絕似乎真與「漫」字特別配合。隨意漫步，思路也不是說很周詳，突然間的感覺，就寫了出來。

朱少璋博士： 所以說，不論是五言還是七言，如果是律詩的話，可能就需要對仗，很難完全「漫不經心」的了。

鄺健行教授： 是，在作意方面，稍為需要籌措一下。此外，選寫七絕而不寫五絕，是希望寫得婉轉些、美麗些，因為五絕比較樸，我不希望寫得太樸，所以就選擇了七絕。

朱少璋博士： 浸會校園的感覺與氛圍，也是比較「年輕」的吧？好，我們聽了董博士和鄺老師的意見，大家可以參考一下，日後遇到要處理的題目時，便應該知道怎樣處理，當然這並非金科玉律，但這可以作為參考。這是挺好玩的，你尚未下筆去寫內容，你已經

要在定體的選擇上花心思，再定韻，那是很有意思
的事。

接下來我們討論另一個案。這個案是二〇〇四年一
月的詩課，該次詩課的題目是〈論詩〉，是自選五
絕或七絕，就是說不是寫五絕，就是寫七絕。最後
得出的定體結果是，百分之九十九寫七絕，只有黃
曉嵐詩友寫了兩首五絕。我們回看她所寫的兩首五
絕，其實嚴格而言，她不是傳統上那種「論詩」，而
是以花來比喻詩，說古典詩很少人欣賞。所以她的
寫法、內容，也不是傳統上〈戲為六絕句〉那種「論
詩」作品。大部分詩友選寫七絕，會不會就是受了
杜甫〈戲為六絕句〉的影響？〈戲為六絕句〉本來就
是七絕，現在要論詩，似乎你不是寫七絕，就有點
奇怪，是吧？好像跟傳統拉不上默契，難以引起共
鳴，或者說這是讀者閱讀期望的一部分，讀者一看
見「論詩」，就幾乎認定你寫的是會是七絕。當然，
我們也不是說黃曉嵐的作品有甚麼問題，因為她本
身寫的時候是別出心裁的，內容不是論一首詩或一
位詩人，而是以花來比喻古典詩在現當代的地位，
這就是另外一種設計了。總括而言，「論詩」這一類
的主題（情），與七絕（體）的關係非常密切。

鄺健行教授： 我補充兩句。事實上論詩的詩一般用七絕，當然
是受到傳統的影響，論詩這回事難免在形象語言之

外，還要有些理性語言、邏輯性語言。黃曉嵐的五絕實際上是形象性的語言，你讀後就能看出其背後暗示的理念，因此可以壓縮一點，寫五絕就比較含蓄，但又可以把她的意思道出。

朱少璋博士：七絕的字數比較多，在議論上比較……

鄺健行教授：……比較像樣。

朱少璋博士：所以杜甫寫〈戲為六絕句〉，那絕句他要用上七絕，當然一定也是經考慮才作下決定的了。珠海中文系李立信先生寫過一篇文章談這回事，李先生分析為甚麼杜甫寫那幾位酒鬼（〈飲中八仙歌〉）要用「柏梁體」。根據李立信先生的看法，柏梁體有一種遊戲的意味，杜甫正正用一種漫畫勾畫的輕鬆筆法去寫，所以用柏梁體是合適的。但如果用柏梁體寫一些很嚴肅的事，就未必合適了，這恰恰也是談「情與體」的關係。杜甫肯定在這方面是有琢磨的，所以經過那麼長時間，現在我們寫論詩絕句，都幾乎得用七絕，就可以見出情與體的關係是很密切的。我們再看二〇〇四年五月詩課，〈送鄧小軍教授北旋〉，這是傳統的送別主題。當時董博士交了一首五排，可見他是經常用五排的，駕輕車就熟路了。鄺老師則寫了一首五古，都是五言。少璋就寫了一首七律。也許我先講一下我為甚麼寫七律。我說：「踏歌如此送詩人，句被催成墨尚新」，詩人就

是指鄧少軍教授。「海角雪泥留爪印，天涯雲樹隔
音塵。萬家樽酒難為別，十里桃花不是春。莫向皖
南潭上過，怕量深淺喻汪倫。」當中用上了一個典
故，就是李白〈贈汪倫〉的典故。但我並不是說自
己是李白，不是這個意思，而是說對方是李白，別
搞混了。我用這體式來寫，就是剛才奕航所提到的
「酬酢」，當然這酬酢是有真感情的，並不是虛情假
意。酬酢的題材，有時候用七言寫是比較容易成篇
的。如果是七絕，似乎略嫌單薄。因為鄧小軍教授
也是詩人，是不是應該多寫幾句？有一些對偶，可
以顯示功夫，我當時純粹是這樣想。其實七絕、七
律在送別上都很適很合用，我挑了七律，是想多寫
幾句話，用些巧麗一點的對偶，似乎會顯得更為尊
重對方。但董博士寫了一首五排，花的心思更多，
可否請你說一下，為甚麼要寫一首挺長的五言排
律？

董就雄教授：五排除了比較講求肅穆外，我覺得也適合送別。贈
詩、送別用排律，古人也有先例，我覺得他們的想
法也是認為這體式能表現出真摯的情感和深切的關
注。又例如寫建築物，我也認為用五排是適合的，
因為五排還有頌揚的意味在內。鄧小軍教授來浸大
中文系訪問，出席璞社詩聚也有六、七次了，交往
感情不算淺薄了，所以當時就寫了這一首，最後鄧

教授也投桃報李，在訪問完結後寫了〈璞社紀事〉，
是目前我所看到的唯一一篇寫得有心思而詳盡的紀
事。

朱少璋博士：這是我最感遺憾的事！我編《天衣集》時遺漏了鄧
教授這篇文章，忘了編進書中去。我也不知道為甚
麼當時沒有記起這篇文章，相當可惜。其實可以
收錄在書中，但不知道為甚麼會忘記了。鄧教授的
〈璞社紀事〉是應該編進去的。

鄺健行教授：鄧老師跟我說，印象最深是參加我們璞社的活動，
反而不是說在中文系教書。

朱少璋博士：鄺老師寫一首五古送別，而這一首五古很長，鄺老
師較少寫那麼長的五古。

鄺健行教授：其實這首詩的重點並不是要交代跟鄧老師分別，也
不是以抒情為主，而是想敘事。我想把我們璞社
的成立、大陸過去幾十年詩道比較沉淪，而鄧老師
又在這方面較有興趣，所以我想把這個過程鋪寫出
來。用敘事的體裁，叶入聲韻。古人常用入聲敘
事。

朱少璋博士：上面談到的五排、五古都是「五言」，其實我現在也
有點後悔我當時選了七律。我也應該選寫五言，但
選寫五言絕句？律詩？還是排律呢？如果大家見過
鄧小軍教授，或者跟他相處過，你會覺得他很有五
古的那份「質」的氣質，他本人就是一位相當樸實

的讀書人。很難形象化地說，我覺得他真的很「五言」。如果是瀟瀟灑灑的人，可能就是七言會比較貼近。選用四言、五言還是七言，也是值得考慮的。

好，接下來看看二〇〇六年三月詩課。二〇〇六年三月詩課是〈賀董就雄社友新婚〉，這是一個喜慶題材。寫喜慶題材不容易寫得好，我們寫詩罵人容易，諷刺他人也很容易，歌功頌德、讚揚、贈慶等題材就不易處理很好。董博士結婚，當時社員都很高興。秀才送禮都是如此，寫首詩就算了。當時十四位詩友交的賀詩中，居然有五位選擇寫五排，這比例可說是非常高，五位分別是：張志豪十二韻、李岐山十六韻、楊利成二十韻、董就雄博士三十韻，怎料一山還有一山高，伍穎麟先生七十韻。伍穎麟先生、楊利成先生、李岐山詩友今天都不在座，只有張志豪和董博士兩位出席，請兩位談一下⋯⋯

董就雄教授：凡是喜慶、讚頌的都用五排。

張志豪詩友：我總共有三個原因。第一，就如董老師所說，是慶賀的原因。第二，我自己比較喜歡寫七絕，因為我比較多剎那的感受，可以快一點把它捕捉、形成，不用拖太長時間。但為甚麼會寫五排呢？因為董老師是以寫五排著名的⋯⋯

115

鄺健行教授：所以你要跟董老師比試一下嗎？

張志豪詩友：不是不是，絕對不是，是向他致意而已。因為我們都讀過他的詩，所以在他結婚之際，就用他擅長的五排向他致意。其實岐山詩友也是如此，恐怕與我的想法相同。至於第三點，因為我主要想記事，詩中就把過往幾次在詩社中收集到有關董老師的戀愛經歷都寫進去，讓在座嘉賓或收到詩集的人可以分享這些美好的片段。

鄺健行教授：我想知道是哪幾句？

張志豪詩友：其實由「水䲂同行意」開始，到尾段「小喬心巧慈」都在描繪。譬如起初「水䲂同行意，環紋細語時」，當時老師提及他們未圓湖畔手相牽，他在中大相識，又在中大有很多美好回憶，他還教師母學粵語正音……

朱少璋博士：非常好，很輕鬆，不一定得談些很客觀很嚴肅的道理，我想志豪詩友當時也不會想到後來會有人問他為甚麼寫五排，說到底這選擇不會是百分百理性的。但如果大家都是寫詩的，就是所謂的「行家」，其實是心領神會的。不一定百分百合邏輯或者很客觀，寫詩之所以好玩，就是因為它可以不科學，這是最有趣的一回事。我很喜歡你剛才講的原因，就是對方喜愛五排，所以你有意投其所好，也寫一首五排賀他新婚，這想法很有意思、很貼心的考慮。

當然志豪客氣，把自己看作是董博士的後輩，説詩是交給董博士過目，因董博士是寫五排的專家，志豪寫五排賀他就多了一種謙卑的暗示，所以定體選體是很有意思的。但如果好像伍穎麟先生就不同了，他並非投其所好，而是要超越董博士了。不是嗎？董博士寫三十韻，伍先生寫一首七十韻，很不給新郎面子呀。應該要寫一兩句失黏句：「哎呀，真是差了點。」這才行。好，剛才只是開開玩笑，伍穎麟先生寫五言在我們詩社裏素有「五言長城」之譽，但婚後深居簡出。

我今天純粹扮演一位主持的角色而已，我不敢説我有甚麼個人的寶貴經驗，我只是覺得「定體」這話題是有意思的，也跟創作有關，也假設今天到來的聽眾、參與者都是行家，我才用一種比較主觀的、不太客觀的方式去談這問題。肯定古典詩會有更高深、更客觀的理論，我今天未必講得好，希望大家原諒。張中行先生在《詩詞讀寫叢話》中也有探討到情與體的問題，談得非常中肯，如果大家是行家就會覺得以下幾句話很好，行外人看了卻會覺得他説了白説，但寫詩本來就是這樣的一回事。張中行先生説：「總之，詩有不同的體，由作品之群方面看，或者由某些篇甚方面看，都會有不同的味兒。由這不同的味兒可以推論，仍以瓶子為喻，有的就

宜於裝油，有的就宜於裝醋。就是說，我們有某種
情意想用詩的形式抒發，會碰到選用何體的問題。
體與情意協調，著筆容易，效果也會好一些，或好
得多。至於具體如何選定，情況千變萬化……。」
今天大家談的都可能是個人的主觀看法，但鄺老
師、董博士的寫作經驗很豐富，某程度上也很值得
參考，而且是可信的。

我預備的部分就到此為止，剩餘時間就請在座詩友
各言其志，大家圍繞這專題談談個人看法。我說到
這裏。

鄺健行教授：多謝朱老師。大家踴躍發言，多向朱老師請教，或
者互相討論。

董就雄教授：或者我再把討論延展一下。我想問朱老師，那個
「情」，你是包含了甚麼內容？應該不是單指人的感
情那麼簡單，而是有比較豐富的內涵，那還包涵些
甚麼呢？我們因為「情」的哪種涵義而選擇不同的
「體」，所以這種「情」本身的內涵在你的理解中都
有些甚麼？

朱少璋博士：我剛才為題目下定義時指出，「情」是概括而言的，
可以是事，譬如記事的詩。但廣義來說，古代都叫
「情」。例如論詩，其實它的背後是一個理論，而廣
義上也納入「情」當中。我最初思考時沒想得那麼
仔細，純粹就是想，題目若是這樣定會比較清楚。

定一道題目讓你寫一首自由體的詩，你就要找一個容器去裝載（內容），而你要選擇哪個容器？我是從這個比較廣闊、廣泛的角度去理解「情」這回事。

董就雄教授： 那你自己個人的創作經驗中，有沒有覺得哪種情配合哪種體會較合適？

朱少璋博士： 如果是愛情，我覺得七言比較好，七絕七律都比較好。如果是跟莊嚴、莊重的事情，則肯定是五古最好，我會是這樣死板地套用。如果詠史，就用七古吧，比較長，可以寫多一兩句。至於五排，我真的很難想到甚麼時候適用。因為第一，我自己很怕寫五排，交給國學院那首是我唯一一次「自首」──自己作選擇。平時我寫五排非常少，詩課規定說要寫五排才寫，或者和別人輸賭：「你寫五排吧！」「好，寫便寫！」都不是發自內心的。我覺得定體也跟操控能力有關，人一定得有安全感。我對某種體式有安全感的話，就會更常使用。我覺得五排比較難操控。

余龍傑詩友： 我談一下感受。說起「因情定體」，除了古典詩，現代的文評經常指出散文、新詩、小說的區界難以辨別。我覺得也可以用這種思考模式去分辨，例如你想講一個故事就用小說，抒發感受就用散文，想抽象、婉轉些就用新詩，類似這種模式也可以套用在現當代文學中。另外，我想起袁枚那篇詩，他寫

詩的時候可能比較有傲氣，所以言者無心，聽者有意。可能本來沒有不尊重上祖之意，但那時候他正好意氣風發，就寫出了那樣的作品。

朱少璋博士：這絕對有可能，但是為何傅庚生先生會那樣痛下批評呢？可能因為傳統中國人認為詩有份神秘力量，行內人一定認同這份神秘力量。即是說，你寫甚麼樣的詩便是甚麼樣的人。是無法作假的，你寫詩俗，你人便俗；你寫詩雅，你人便雅。傅庚生先生也算是傳統學者，可能也是從這傳統想法出發。當然他不一定是對的，但他讀了那首作品，覺得袁枚也就是那類人。所以老前輩教我們寫詩不要寫得過分哀怨，不要為文造情，怕寫多了你慢慢地就變成了那樣的人。詩歌與人格的互相影響，當中有一種很微妙的關係。所以中國人相信，人格的高低在詩中都能看出來。不知道新詩會不會作如此考量？如果新詩寫得俗，會覺得那詩人也很俗嗎？會有這樣的聯想嗎？

余龍傑詩友：絕對會。

朱少璋博士：看來並非古典詩特有的主觀了。這是很有趣的想法，謝謝你。其他詩友有意見嗎？談談自己的看法吧，像龍傑那樣。在創作過程中有遇到甚麼困難嗎？

姚志華先生：我第一次出席，有很大的得益。我看到朱老師派發

的資料中，璞社社友的作品多以七言或五言為主，我好奇地問一下，在中國古典詩中也有四言，由《詩經》開始就有。不知道朱老師、董老師、鄺老師，你們認為在今時今日用四言的機會大嗎？配合我們不同的感情，會不會也能用上四言詩這體式？四言詩仍然有發揮的機會嗎？

朱少璋博士： 也是有的。無論古體或近體都是以五、七言為主，但也有四言、六言，這是大家都知道的。四言、六言，我們只能説是不太主流的選擇，但在璞社詩課中，我們也寫過。好像〈沙灘〉，我們是寫四言的。沙灘這主題好像很新穎，四言要怎樣寫呢？六言我們好像也寫過一次，是我入社後的事，我入社前有沒有就不清楚了。四言寫沙灘的那一回，其實也牽涉到你選擇的四言是《詩經》體四言？還是魏晉體四言？魏晉體就比較疏闊流麗，如果是《詩經》體四言，就可以寫得很莊重了。當然，如果你用國風的寫法也行。也是一種嘗試。

四言雖不是主流寫法，但在練習的角度我們也會寫。六言方面，我暫時真的未想到可以怎樣用，除了作為練習外。四言則可以用來賀壽，是很適合的。鄺老師大壽時，我們可以獻上四言詩。

董就雄教授： 六言有格律體，有近體、古體之分，即有部分是按平仄寫，有部分是不按平仄寫的。四言則沒有古、

近體之分。四言在現代還可以用得着，譬如寫銘文時可以採用，就是刻寫在器皿上的那種。又譬如寫墓誌銘時，當中有若干句可以用四言寫。

如果是比較大的家族，家族有人死了，為死者所寫的行狀也有人喜歡用四言。所以你說它還有沒有現實的應用價值呢？除了賀壽外，還有這些場合都是很莊重的。但現代為甚麼我們較少寫四言呢？因為人們比較難掌握那種句式，它有時說「維……之……」，有時又會把詞的次序倒轉，很多人都掌握不了那種緊縮程度。不像五言句，有動詞在中間，比較容易準確配合自己想表達的意思。很多人在句調上已不能掌握，所以寫四言是困難的，因此也造成四言在流傳度上沒那麼廣大。

鄺健行教授： 事實上，四言詩在唐代以後已經不太流行。為甚麼呢？因為在形式上，它的聲調、節奏比較單調，不及五言或七言。而且又有《詩經》這最高的典範，經典的概念也影響到後人，所以它不是一個主流的詩體。即使純粹從體式上言，現在也不算是主流。

朱少璋博士： 其他詩友呢？提一下看法吧。你們寫詩時會考慮如何定體的嗎？還是執起筆來寫的是五言就五言、寫的是七言就七言？還是會先認真想一下寫五言或是七言，寫律還是寫絕？有這樣的考慮嗎？

劉奕航詩友： 寫新感情的話，我記得陳永正教授寫過些跟哲學有

關的古典詩。朱老師，要寫一種現代的感情，如果
用古典的載體，你覺得合適嗎？

朱少璋博士：也是一種嘗試。等如找一個玻璃杯放兩塊排骨的嘗
試。你寫得好，別人會覺得很新穎。現時你去吃
Fusion 菜，你眼看明明是一個番薯，吃着卻原來是
另一種食物。這就近似找一個玻璃杯放兩塊排骨的
效果了。我覺得是需要試驗的，尤其年輕一輩，不
要老寫舊題材。

如果我處理新題材的話，我大多會選用七言。我覺
得七言空間較寬裕，而且也比較容易放置新內容、
新詞語，易於處理。甚至把它當作竹枝詞來寫，這
樣寫舊詩的人對你就不會深責：「你竟然寫這些東
西？」「我寫竹枝詞、雜事詩而已。」我會這樣取巧
地處理。但如果寫新事物而用五古，對我而言就很
困難了，我未必會作這樣的選擇。寫新事物新感
情，七絕是我的首選。你呢？

劉奕航詩友：我主要也是用七絕，比較靈活。我記得有一次詩課
的題目是〈甜品〉，很多詩友都選寫一些較新式的甜
品，但那次的體裁規定用「五排」。我覺得那是非常
困難的，但卻是很好的嘗試。那次詩課我寫了「心
太軟」。

朱少璋博士：「心太軟」，這很困難，高難度。因為心太軟很新，
而你用的是五排。你說得對，那次我是取巧的。因

為體裁定了是五排，所以我寫豆腐花，豆腐花可以寫得很古。

鄺健行教授：以舊詩的體裁寫新題目，寫得真確而又得注入感情，是很困難的。以新詩寫又可不可以？就是說，會不會有些東西、事物是不適宜入詩的？

朱少璋博士：也有可能。上面談到新詩和舊詩，我有個想法也許有很多人不會贊同，但鄺老師一定是贊同——因為是鄺老師教我的——我經常覺得，先不論這東西是否不適合寫小說或散文，且先集中在詩的範疇裏選擇。為甚麼我們經常覺得選擇有困難？因為我們把舊體詩和新詩分開了，如果舊體詩和新詩都是詩，同是漢詩的概念——這是鄺老師教的——其實你的選擇也是在詩當中作選擇。其實白話詩也是詩體的一種。我的看法是如此，但現在有很多人不以為然，一談詩就先把舊體的淘汰了。在我的詩學觀或文學觀中，七絕和新詩都是詩的選項。當然你要懂得寫這兩種詩，既懂寫新詩，也懂寫舊詩，你才能從中選擇。所以我希望有更多人去思考這問題。其實詩就是詩，新詩與舊詩都是詩。

鄺健行教授：朱老師，你以前做研究時，是不是發現有些新詩人在同一題材上，又寫新詩，又寫舊詩？

朱少璋博士：對。郭沫若就有過這種嘗試，即處理同一題材時，又寫新詩，又寫舊詩；往往是舊詩比新詩寫得好。

李耀章詩友：新詩的破格不只在於句式，也在於想法上的跳躍、
聯想、感受的天馬行空。但這「天馬行空」用舊體
格律是不足以表達那繁複的思考或感受的過程，可
能新體的散文式、斷句式才能表達那種感受。

余龍傑詩友：我覺得要回歸到創作動機上，即是你喜好甚麼文體
你就會進深地鑽研，然後就延伸出剛才討論的問
題。最初你可能喜好寫新詩，以後的發展可能也就
在新詩的路線。

張志豪詩友：很多人會把新舊詩分開，你死我活似的。但我覺得
這角度正如朱老師、酈老師所說的，當作漢語詩去
看待，不應過分刻意劃分。新詩發展到一定程度，
會有自己的局限產生，也有「濫」的情況。古典詩
則好像令很多人都看不明白，也沒興趣去看。但
我們寫作除了抒發一己之志之情外，也應該照顧讀
者。當然，你可以只想自己，但如果你想自己的
詩歌可以對社會有更大的影響力，受到更多人的關
注，是應該照顧讀者的。所以怎樣選體，或怎麼整
理資料，或怎麼打好傳統的根柢外，怎樣去呈現也
是一個重點。大家可能只會用紅酒杯盛紅酒，寫得
再好，也只是一杯比較好喝的紅酒。可能有人就會
覺得不外如是。但如果你放兩枚排骨進去，就會引
起很多人的關注，可能是好的，可能是不好的。
再舉一個例子，就如剛剛提及的「心太軟」，用傳

統的五排或者長的篇幅去寫，是很困難的，或者根本就寫不來的。但有人可以套用新詩的跳躍感，意象的跳躍，或者像小說般把一個很短的題材寫得很長。曾經聽過莫言在一個講座中談到，他寫一個巴掌，一個爸爸打他的兒子，他寫了三千字。後來有人覺得他寫得很好、很厲害。有人眼紅他，說我可以寫三萬字，就寫一個巴掌。然後他解釋說，你寫三萬字的巴掌跟我寫三千字的完全不同。為甚麼？因為三萬字的巴掌會牽涉很多沒有關連的事物，而那三千字的巴掌，全都關係到一個巴掌。一個巴掌可以寫些甚麼？包括它的動作、打在小朋友臉上的熱度、聲音、小朋友的感受、爸爸的感受。「心太軟」又可不可以這樣寫呢？也是一個新的嘗試。當然，怎樣寫得好看是另一回事了，可以去揣摩一下。

鄺健行教授：我分享一個我的嘗試，在《荊山玉屑》第五編中有三首我寫的詩，詩都是改寫自新詩的。一首是聞一多的〈死水〉，一首是徐志摩的〈再別康橋〉，一首是艾青的〈我的保母〉。我只是貪玩而已，但改寫的時候也有所考慮，用不同的體裁。艾青那首我用五古寫，因為它本身就是一種自由體。徐志摩那首比較短，我用七絕寫。聞一多的〈死水〉本來是格律詩，所以我用七律寫。這是體裁上的考慮，至於詩

寫得好或不好，是另一回事了。

董就雄教授：朱老師，你穿越於古典文學和現代文學之間，兩者都能成家。我想問，總體上說，你覺得古典文學這體式的抒情的可能程度、柔軟度比較高，還是現代文體的柔軟度、包容性比較高？

朱少璋博士：新舊兩體中，新詩我只是閱讀，不會寫。現當代語體作品我主力寫散文，詩則寫古典詩。先撇開讀者的閱讀或理解能力不談，我始終較重視古典。我認為，與創作有關的所有優勢和好處都可以在古典裏找到。因為它精練以及典雅，那些文藝應該有的元素，在古典的部分基本上都齊備了，而且是千錘百鍊，不好的東西幾乎已看不到，你學的那些古典作品都肯定是好的。但如果是現當代人寫古典作品，前提是你得不理會讀者，但文學創作總得有對象。暫時我未能夠將兩者（語體散文和古典詩）完全有機地融合，所以就兩條腿走路，兩邊獨立，都不偏廢。既寫古典詩，也寫現當代散文。希望將來有年輕一輩可以把兩者的關節要點打通了，就會比較好。現階段我覺得，如果我這樣寫一輩子，問題也不大。寫古典詩的修養可以反映在散文中，寫散文的特色某程度又會出現在古典詩當中。譬如我的散文有時會寫得比較俏皮，這份「俏皮」有時也會不經意地在我的古典詩中見出，我覺得兩者是互為影

響的。

張志豪詩友：古典詩主要由聲音和體式產生一種獨特的韻味，而這韻味不只是現代的，而是連結到過往千百萬年的情感、情思。抽取出來後，可以避免過於陳舊、誇飾、不合時宜的東西。怎樣能夠融合呢？我認為，如果一個讀者閱讀的時候是感興趣，而且是喜歡的。他不會介意是古典詩還是新詩，就算是英文詩，如果他能看懂，可能也會喜歡看。我們有時間躲起來寫幾首不公開的作品，但怎樣令一個文體發揚、承傳下去，也是應該留意的。

董就雄教授：朱老師，我還有問題想請教。你剛剛提及讀者的問題，我有一個粗淺的看法，其實讀者本身也有責任。面對現在古典文學，或者古典詩，有些人會認為過時了，讀者不會主動提升個人的閱讀能力，反而是要求作者寫得淺近點，要讓他們能看得懂。但人人皆知的事，就沒必要寫出來了。詩人或散文家要寫的是一種特殊的感覺，而那是作者所獨有的。不知道朱老師怎麼看，在推廣古典文學或現代文學上，我們有沒有功夫可以做？其實現代文學也是式微的，不論古典還是現代都是「同歸於盡」。總體上，讀者群的質素正下降。

朱少璋博士：現在最大的問題是作者比讀者多。大家都去當作家，寫文章的人也不閱讀。譬如收到了《荊山玉

屑·五編》，就只看自己寫的那兩首——我只是舉
例地説——旁邊的那一首一個字都説不出來，這
就不妙了。這不單是古典詩要面對的問題，新詩同
樣要面對相同的問題。自己的詩背得頭頭是道滾瓜
爛熟，讓他背兩首余光中的，就説沒看過，竟然可
以這樣。忽略閱讀，只管寫作；這道理雖然能説
得通，因為作家不一定要當讀者的。但他不知道，
既然參與寫作，也應該當一個及格、稱職的讀者。
我不認同一定要把文學淺化，但是不是可以加以包
裝？使一般讀者較容易接受，但不是淺化，而是包
裝。當然，我們也得接受一個事實，就是閱讀文藝
作品始終是小眾的事。所謂推廣，亦只是在小眾當
中推廣。可能是我傾向消極吧，我不會積極得認為
港鐵車廂中的所有乘客都會捧着詩集來讀——如果
你遇到這種情況，你快把手上的股票都賣出去吧，
明天就是世界末日了。

我們得承認讀詩是小眾的活動，但可以在小眾中盡
量推廣。那些小眾按理也是喜歡的、不抗拒的，但
為甚麼不去閱讀呢？可能是包裝上的問題。會不會
出現了代溝？我們可以把書包裝得漂亮些，書的開
度特別些。譬如我自己出書也是這樣，書的開度窄
一點、細一點，令讀者覺得輕省些。或者加插一些
圖片，令人有錯覺，覺得有圖畫看，其實主要訊息

也得閱讀文字。我寫的主要是散文，但在這之前你要先看我的詩。這就是我說的「包裝」，但當中要交代的信息和內容是不曾淺化的，這可能是其中一個「推廣」方法。而且，這種與「推廣」有關的認識是很重要的，也是酈老師組織詩社的最大目的。你們若喜歡閱讀、古典、詩歌，就盡量把這訊息、箇中的好處傳揚推廣開去。

董就雄教授：最後一點，我覺得應該從中學老師方面入手，因為中學老師本身影響很多學生。現在最大的問題是有些中學老師不會賞詩不會寫詩，包括新詩，甚至不感興趣，但他是中學老師，這直接影響整個讀者群，我覺得最重要的焦點反而該放在這裏。所以我覺得，中學老師一定要有兩個必須：第一，必須會創作，新舊文體都可以；第二，必須懂平仄。

朱少璋博士：所以我們可以在這方面多做點事，譬如璞社也做過類似的試驗。璞社和教育局合辦過講座，讓中小學老師來聽，那次我和董博士各談一個古典詩的專題。類似的活動，是不是可以繼續辦下去？講者不一定是我或董博士，可以是在座有興趣、有能力的詩友。這也算是「播種」。類似的工作是可以多做的，即是在教師的層面多做功夫。譬如公開講座、文學月會，或者和教育局合辦。如果大家願意抽空的話，我很樂意當中間人，跟教育局商量，開辦一

至兩場演講，起碼可以讓別人知道，原來璞社成員
是很重視古典詩的。我並不奢望會有很多人出席，
但總希望出席的都應該是有興趣的。他們回去，
如果能倣辦一些類似的活動，影響的則是全校的學
生，如此一來就很有意思了。譬如詩社出版了這些
書（《荊山玉屑・五編》），酈老師希望盡量把詩集
寄給有開設中國文學科的中學，讓他們知道有這樣
一個詩社。

璞社古典詩藝座談會
（第四會）

日期：二〇一五年四月十九日

講者：莫雲漢教授

講題：詩衢回首重行行——古典詩歌創作雜憶

過錄：葉翠珠

鄺健行教授： 莫雲漢教授、徐（康）教授、各位來賓、各位同學、
各位璞社詩友：我首先說說題外話，首先我表示抱
歉，安排這個教室安排得不好。我們最初以為安排
約三十個座位便足夠了。怎料，現在卻嚴重超額，
場面非常熱鬧，出乎我們的意料，當然這是高興的
事，也證明了我從前聽到的一句話：莫教授是珠海
學院「四大必修」之一。這便證明了他是如何受到
學生的尊敬、愛戴，現在的學生也好，畢了業的學
生也好，都來聽他講課。

閒話休提，我講幾句開場白，今天是璞社舉辦的第
四會古典詩藝座談會，這個座談會大概每隔約兩個
月便舉辦一次，邀請知名的詩家及詩歌研究學者，
來主持並發表演講。璞社是一個以創作古典詩歌為
宗旨的文藝團體，社員最關注的其中一點，就是如

何在他們的創作實踐過程當中，更好地去運用藝術技巧、安排藝術技巧。大家相信，通過對方家高論的聆聽，接受方家的指引，往往便是最大的得益。所以我們每一次都請最著名的詩人來為大家演講。今天我們非常榮幸，邀請到珠海大學（香港珠海學院）中文系副主任莫雲漢教授，來主持座談會，並且發表演講。莫教授的講題是〈詩衢回首重行行——古典詩歌創作雜憶〉。莫教授是一位學者，他發表了很多論文，多數集中於詩詞方面的研究，而此外，莫教授亦是一位知名的詩詞作家。據我所知，莫教授有三本詩集或者詩詞集，第一本就是剛才大家看到的《蹉跎集》，就是詩詞合集，第二本就是剛才莫教授送給我們的《一路生雜草》，第三本詩集就是《六月詩草》。我相信，透過今天莫教授主持這個研討會，以及這個演講，我們同學，或者我們出席者，一定會是空腹而來，滿腹而歸，我不說太多，就請莫教授發表高論。

莫雲漢教授：多謝、多謝。鄺教授、各位璞社的方家、各位來賓：很榮幸今日可以在此跟大家分享一些個人創作的心得。當日接到董就雄教授的吩咐，叫我今天來講創作心得，受寵若驚，因為那些塗鴉之作，實在不值一哂，但想想，也不錯，有個機會可以梳理一下過去創作道路中的一些回憶。於是我便定了個題

目，叫做〈詩衢回首重行行〉，「詩衢」一詞出自《文心雕龍》，意即詩歌創作的道路。回想自己過去幾十年創作詩歌，如何呢？借此機會可以梳理一下，而在回首之餘，「重係」（還是）要創作的，所以題目後面的三個字便取古詩「行行重行行」的三個字，意即回首之餘，我「重」（還）要創作。這個「重」字就是廣東話的「重」。（「重」字此處有「更」、「還」的意思，粵語直音為「仲」。）表示我「重」要創作，「重」要行（走）下去的，這條路「重」未完的。今天很榮幸跟大家分享一下。

作詩是一種興趣，我想，凡是興趣，總會受一些外來因素所影響、所引發，我自己想一想，我的作詩興趣在中學時候已經開始了。那時的社會風氣，是很重視這類古典文藝，以前那些報紙、雜誌，有這樣的篇幅（簡報展示舊報紙文化版——「華僑文化」），可以刊登古典詩詞，而且那時有很多詩社、文社，好似這就是披荊文社的詩課，刊於《華僑日報》（指簡報所示的報紙內容），這些是幾十年前那些報紙的篇幅，這是其中的一兩段，就是說六、七十年代的社會，有這樣的文化氛圍，而我就是在這個時代長大，所以便也受着這樣的氣氛影響而喜歡上寫詩，這是客觀的因素所影響。

另外主觀的因素就是中學——中五畢業那年，教我

國文的老師，他的國學修養很好，只一年的時間便被他感染到對中文產生興趣。這位老師也是詩人。我初時以為作詩是唐宋以前的人的專利，但這位老師可以自己有作品，可以在堂上跟我們分享，有一次他在堂上抄了一首他的作品：「淡從黃菊分顏色，寒向青梅辨雪霜。誰是淮陰新漂母，香江今日有韓郎。」他說，那時他沒有錢開飯——說笑——沒錢開飯，便要找人借錢。他想到一個朋友，應該可以幫到他的，於是便寫了這首詩送給這個朋友，首兩句就是說，這個朋友是經過千挑萬選，是患難之交，應該可以借錢的，其中「分顏色」、「辨雪霜」，就是說分辨過這個朋友是患難之交，然後末尾兩句的意思是：我今日就是韓信了，沒錢開飯，不知有誰可以做這個新的漂母？他說，送了這首詩給這個朋友之後，這個朋友一看便馬上會意，二話不說便借了一百元給他。這是他堂上說的一個故事。那次聽到後，知道原來作詩不是古人的專利，今人也可以作這種古典詩的，而其中有「香江今日」一語，即在古典中又可以有新的詞彙、元素。那麼從此便對作詩更有興趣了。這位老師是誰？可能大家也認識的，就是劉紹進老師。

初時我不知道原來劉老師也是珠海的校友，後來我入了珠海讀中文系，輾轉聽到原來劉先生是珠海

一九五八年第八屆的畢業生，並且在經緯書院讀過書，是陳湛銓教授的弟子，其他同門都是大家所認識的，諸如常宗豪教授、何乃文教授、洪肇平教授、李鴻烈教授等等，都是陳湛銓教授的一班高弟。我中學畢業之後，很久沒見過劉老師，差不多七、八、九年之後，才見過一次面。直到一九九七年十月的某一日，中午時我跟一班朋友飲茶談天，談到劉老師的近況，當中有個朋友是認識劉老師的，他說，劉老師今晚出殯。想不到十多年沒見過他——見過一次而已——一旦提及，竟就是在當晚出殯。適巧那一日中午，跟人飲茶，知道他當晚出殯，讓我也可以趕及出席喪禮。在他過世後，他朋友幫他出了本詩集——《抱樸樓詩集》，李鴻烈先生寫序的。我想很多朋友也認識這群方家。這就是我在中學時受到了劉老師的影響。

接着，我入讀珠海中文系，讀些詩詞歌賦，很喜歡作詩。年少總是比較喜歡多愁善感、傷春悲秋的作品，所以我早期喜歡納蘭的詞。有意也好，無意也好，總愛模仿納蘭的風格，好像這一首：「一抹涼雲淡欲昏。斜腮望月兩眉顰。天邊秋雁怨離羣。露溼屏山疑着雨。淚凝妝鏡若沾塵。珠簾影裏證蘭因。」我是有意模仿納蘭，不過當然是不像，更加不是很好。又好似這首〈采桑子〉：「寒聲呼起愁人

夢。痴倚南軒。懶捲重簾。夜半燈搖瘦影前。」那時我很瘦——現在也很瘦——「腸迴怕看鑪煙嬝。欲曙長天。孤抱誰憐，過了寒冬又一年。」

這首〈南鄉子〉：「高樹晚風涼。幾片飛花過短牆。隔院淒歌猶繚繞。愁腸。忍聽啼鵑怨夜長。默默苦思量。薄薄雲羅淡淡光。樓外滴殘紅杏雨。微茫。更怕黃雞問曉妝。」也是着意模仿納蘭。到廿一歲那年生日，寫了首〈浣溪沙〉：「旦夕塵勞廿載心。憐春醉夏到如今。青衫側帽付微吟」，「側帽」就是有意扣聯納蘭，因為納蘭的詞集既名《飲水詞》，又名《側帽詞》，所以乘機用「青衫側帽」來寫這句。這些都是早期少年之作，比較傷感，可能只是無病呻吟而已。

後來，我讀了陳廷焯《白雨齋詞話》的一段說話，受這段說話影響，風格有少許轉變。他說，有個葉元禮——清朝人——他的作品簡直好似女兒聲口般，例如：「生小畫眉分細繭。近來綰髻學靈蛇。妝成不耐合歡花」、「蝶粉蜂黃拚付與。淺顰深笑總難知。教人何處懺情癡」、「羅裙消息落花知」、「清波一樣淚痕深」、「此生有分是相思」等等。陳廷焯認為這些說話「纖小柔媚」，雖然是男兒作品，卻沒有一點男兒丈夫的氣概。後面有一句說話，很可怕的：「皆無一毫丈夫氣」——「宜其夭亡也」。這句說

話很可怕。葉元禮生於一六四二年，卒於一六八一年，即是只有三十九歲，壽命很短。原來寫詩詞寫得太傷感，無甚男子氣概，會致短壽。人人皆怕短壽，所以我看完這段話後，亦有些恐懼感，於是便轉變風格。

葉元禮在清朝頗具名氣，聽說長得頗為俊美。他曾於一樓底走過，樓上有一女子看見他，從此單思成病，病得快要死之際，有人告訴葉元禮此事，葉元禮便馬上去探望她，但當時這女子已氣弱游絲，見到葉元禮來後，見一見面，便瞑目了。

清朝的朱彝尊因着這件事填了一首〈高陽台〉。如果大家看過清詞，應該讀過這一首朱彝尊的〈高陽台〉，是用此事作題材、作背景的：「橋影流虹。湖光映雪。翠簾不捲春深。一寸橫波。斷腸人在樓陰。……」這首〈高陽台〉，便是朱彝尊用此故事為背景寫的。這是題外話。

原來寫這類作品，會致夭亡。納蘭也並不長壽，只有四十來歲。有鑑於此，我便轉變風格。數年後我廿七歲，又寫了首〈浣溪沙〉：「一自呱呱苦役營。九三況若涉淵冰。乾乾惕厲寸心貞。」人在呱呱落地之後皆是苦，這是佛家所說的，人來到世界，不是享福，而是受苦。一直苦、苦、苦，苦到現在廿七歲了，「廿七」為九三相乘之數——「九三廿七」

139

——取易經乾卦「九三」之意，「九三，君子終日乾乾，夕惕若，厲」，故曰「九三況若涉淵冰。乾乾惕厲寸心貞」，「攬轡驅馳由大道。搴荷延佇立修名。陽回波暖復澄清」。後面取范滂的説話，范滂是漢末黨錮之禍其中一個被禁錮的文士，他曾説「登車攬轡，慨然有澄清天下之志」，我那時是個二十來歲的年青人，自作聰明，慨然有澄清天下之志，便借范滂這兩句話的意思自況。很明顯，這時風格已轉變了。

後來我出第一本塗鴉之作——《蹉跎集》，以一首〈滿江紅〉為代序：「十載蹉跎。渾都是、東塗西抹。悔既往、春衫年少。但描風月。餖飣寧堪時世用。輕狂復與雄奇別。到今朝、立地洗頽心。衷腸熱。青松幹。須攀接。黃菊蕊。猶懷啜。緬一江葭露。滿天蘭雪。俯仰乾坤千萬態。總歸吾輩尋常獵。願從茲、翻土拓芳園。新苗苗。」

「十載蹉跎」，由寫詩到那時出書，差不多十年時間，過去十年都是蹉跎歲月，「渾都是、東塗西抹」而已，「悔既往、春衫年少。但描風月」，那些描寫風月的文字都是堆砌而已，故而想想，堆砌文字並不管用，「餖飣寧堪時世用」？「餖飣」就是堆砌之意，對時勢無甚影響。至於那些少年輕狂的風格，與雄奇風格大有分別，所以「到今朝、立地洗

穎心。衷腸熱」。「青松幹。須攀接。黃菊蕊。猶懷啜。緬一江葭露。滿天蘭雪。俯仰乾坤千萬態。總歸吾輩尋常獵。」「乾坤」，言天地。天地之間，有很多事物可以讓我們去寫，所以要「俯仰乾坤千萬態」，並「願從茲、翻土拓芳園。新苗苗」。這表示風格影響之下，寫作的方向也不同了。

再看看王國維《人間詞話》這段話：「客觀之詩人，不可不多閱世。閱世愈深，則材料愈豐富，愈變化，《水滸傳》、《紅樓夢》之作者是也。主觀之詩人，不必多閱世，閱世愈淺，則性情愈真，李後主是也。」他說，詩人有兩種，客觀的和主觀的。客觀詩人要多閱世，閱世愈深，材料愈豐富，好似《水滸傳》、《紅樓夢》的作者便是。而主觀的作家可以不用多閱世，閱世愈淺，性情愈真，李後主便是這類人。我要想一想，我要做主觀的詩人，抑或客觀的詩人為好？這要講究條件的，客觀詩人，要多閱世，主觀詩人可以不多閱世。那麼不閱世本該很好，可以安坐家中，甚麼事也不用理會！但是，要做李後主很難的，且更要成為亡國之君！自忖並非這類人，即使真的想做皇帝，也不想亡國呢。所以，做主觀的詩人並非易事。於是，打算做客觀的詩人。

再看看，白居易有好幾十首新樂府，這些新樂府是

反映時勢、反映時代的。他說「文章合為時而著，歌詩合為事而作」，即是說，詩歌、文學，是要反映時事的，沒有時事的作品便空洞無物，所以不妨做做客觀的詩人，多些閱世，反映時事。

今日資訊發達，我們要知時事，可以不用自己出去閱世，可以看新聞，例如看報紙，看電視，可以從中找到很多靈感、很多題材。我在一九八八年看到無綫《星期二檔案》的一輯紀錄片〈離家四十年〉。片中講述一個老兵一九四九年去了台灣，幾十年未曾回過他的東北家鄉。直到一九八八年兩岸開放，兩地人民才可以返回自己的家鄉，無綫這個紀錄片的製作人員便帶了一隊攝製隊，跟隨這個老兵返回他在東北的家鄉，拍攝他的故事。我看完之後有點感觸，填了四首〈長相思〉，第一首，「山一方。水一方。各在天涯空自傷。想家情更狂。」當時的老兵，腦海裏只有兩個字：想家！想家！此時蔣經國正開放兩岸的禁忌，容許老兵回鄉。當回到家鄉，這個老兵看到他那近九十歲的母親，兩母子幾十年沒見過面，一見到面便抱頭痛哭。「風滿天。雪滿天。關外平明車馬喧。相逢心重酸。兒淚漣。母淚漣。一別人間四十年。教從何處言。」見到面也不知說甚麼好。

到了第三首，原來兩母子幾十年未見過面，皆以為

對方已不在世，所以身為兒子的老兵在家擺放了神
主牌，日日上香拜祭他的母親，其實他的母親並未
死，只是以為她死了。而他的家人也以為這老兵在
台灣已不在世，便弄了個空墳，即衣冠塚之類。就
是兩方都以為對方已死，而拜祭對方，現在見到面
才知道原來都還在生。此情此景，真不知是痴是憐。
那老兵在大陸本已結婚，後隻身赴台，日子一久，
他猜想妻子已不在世——因為打仗之故嘛——於是
他在台灣再婚。現在回鄉，與元配重見。如果這
老兵留在家鄉，跟元配一起，似乎有負他在台灣的
繼室，如果返回台灣，似乎有負他的元配，是去
是留，着實兩難，我用此意寫了最後一首：「花怕
殘。月怕殘。有負釵裙郎愧顏。還鄉悵幾番。去亦
難。留亦難。舊燕淒寒新燕單。」舊燕就是家鄉那
個妻子，離開家鄉，舊燕便淒寒，留在家鄉，新燕
——台灣那邊那個——便孤單，所以，留好，抑或
去好呢？真是「情深兩地間」。這是一九八八年寫的
四首詞。

想不到，幾年前方寬烈先生編《二十世紀香港詞
鈔》，選了我這幾首〈長相思〉。另外，林樹勛先生
為此書寫序，竟然也有提過賤名，提過我這幾首
詞，特別是第四首。

他說，二十世紀，中國的一度長期鎖國政策，台灣

海峽兩岸分裂的歷史現實，造成了大量夫妻分離，
情侶分散，海內外的華人社會，出現了兒女情的大
災難。而我這首〈長相思〉，他說，深刻反映了這
場災難。詞裏面有兒女情，情裏面有政治的冷酷面
孔，又有國土分裂的不幸歷史，以及由這種政治現
象、歷史現象造成的兒女情的災難。再說，這一首
詞，形體雖小，蘊量很大，遠遠超出兩個人之間的
兒女情，足以傳世，可以讓後人在文學的形象裏，
看到廿世紀中國的政治，中國歷史，以及發生在華
人社會的一場兒女情的大災難。我當初想用時事做
題材，想不到也有些反應。

這輯《星期二檔案》是由當時的無綫記者江關生先
生帶領一隊攝製隊所拍攝，後來江關生撰寫《中共
在香港》一書，書裏也引了我這首詞。因為他拍過
《星期二檔案》，所以在此書中附錄了他拍攝《星期
二檔案》的一些回憶雜錄，又因這紀錄片曾膺「國
際電視獎」，所以他說說此段回憶，並引了我這首
詞。

文學要反映時代，是我的寫作方向。後來，又讀到
周濟《介存齋論詞雜著》，更是談及詞要講「寄託」。
詞要講「寄託」，那麼寄甚麼呢？就是寄時代的盛
衰，也可以寄個人的思想、懷抱。人的思想可以有
很多種，可以是「綢繆未雨」，可以是「太息厝薪」，

可以是「己溺己飢」，可以是「獨清獨醒」。總之，
隨其人的性情學問境地，無不有由衷之言。你是
這種人，就寫這種作品；你是那種人，便寫那種作
品。這裏的幾句說話，就是說，一個作家、一個文
學家的應有精神。所謂「綢繆未雨」，即是說文學家
要有先知先覺的識見，一件事未發生，就要看到這
件事將會如何發生，然後告訴別人，用文學作品告
訴世人。又或者有「己溺己飢」的一種偉大的悲天
憫人的懷抱。這種種精神，是文學家所應具有的。
雖然詞在宋朝流行，但地位不高，視為艷詞、小道
末技。直至清朝常州派周濟提出詞要講「寄託」的
這個理論一出，詞的地位才提高。因為原來所謂艷
詞，說些男女之事，是另有寄託，別小覷了它。所
以有了寄託理論之後，詞的地位便提高。提高到怎
樣呢？提高到可以與「詩」並駕齊驅。詩有史，詞
亦可以有史，所以不要小覷詞。周濟這樣的理論一
出之後，詞的地位便提高了。詞也可以反映時代，
變成歷史了。
我又看到一本西方文學概論的書，講到要影響一個
時代，要靠文學。社會大變動、大改革，是要有
文藝做先驅。因為社會制度到了窳敝，人心陷溺的
時候，有些人感覺遲鈍，即所謂後知後覺者，他們
並不知曉世情，就要靠一些先知先覺的人提醒他，

文學家就是要做這種先知先覺者。文學家以他的靈敏感覺，堅強的意志，遇人生有苦悶，常人未有察覺，或者察覺未清的時候，就要察覺、要辨清，甚至要盡情言之。所察覺的、所倡導的，甚至會先於其時之思潮而為之率領。所以文學家又要做思想家，要領導潮流、領導思想，這是這本《文學概論》的説法。而中國也有相類似的説話，如明朝胡翰的《古樂府詩類編》序：「詩之為用猶史也，史言一代之事，直而無隱，詩繫一代之政，婉而微章。」詩與歷史一樣，史乃言一代之事，直而無隱，有甚麼便説甚麼，詩則婉轉一些，所以兩者無異，都是講時勢、講時代，不過這個「史」就直而無隱，那個「詩」就婉而微章。

明・唐順之《荊川文集》〈吳孺人輓詩序〉説：「古者既有左右史以記言動矣，而又為之詩，詩之與史，同於藉善事以鏡來世，而咨嗟詠嘆之，則其味尤長，而其風益遠，蓋詩者，其助史之不及乎。」這又是明朝人，古者已有左右史記言動，為何還要寫詩？因為詩與史有些不同，詩和史都是「藉善事以鏡來世」，然而，詩乃「咨嗟詠嘆」，故「其味尤長」、「其風益遠」，詩就是助史之不及。《春秋》是歷史，《詩》是文學，所以孟子有言，「王者之迹息而詩亡，詩亡然後春秋作。」由此可見，詩與史、

史與詩，是一而二，又二而一的，是一體之兩面。
王充又説：「孔子作《春秋》，周民弊也。故采求毫
毛之善，貶纖介之惡，撥亂世，反諸正。」「孔子作
《春秋》」，因為那時周代衰落，於是「求毫毛之善，
貶纖介之惡，撥亂世，反諸正」，這是寫《春秋》的
原意。若詩與歷史之作用一樣，則詩也可以「采求
毫毛之善，貶纖介之惡」，可以「撥亂世，反諸正」。
白居易有好幾十首新樂府詩，當中有一首名為〈紫
毫筆〉，談到筆的重要。一支筆，是用毫毛做的，
毫毛很輕，不過，不要小看這支很輕的筆，因為它
的功用很重的──我不全首唸出，只讀其中幾句：
「紫毫筆。尖如錐兮利如刀」，一支鋒利的筆，可以
似錐般錐人，「毫雖輕。功甚重」，有甚麼功呢？就
是「臣有奸邪正衙奏。君有動言直筆書」，無論君
臣，有行為不當，就要直斥其非，而不要用這支筆
來寫甚麼呢？不要寫些瑣瑣碎碎的東西，「慎勿空
將彈失儀。慎勿空將錄制詞」，「失儀」就是那些瑣
瑣碎碎的東西，不要浪費筆墨去寫瑣碎的東西，那
些是不需要寫的，提筆是要寫大問題、寫大方向、
寫大時代。也不要皇帝説甚麼，就如做筆記、如錄
音機般照錄下來。白居易認為一支筆就是要有這樣
的價值、這樣的功能。文學家拿着筆，就應思考該
如何寫作。

白居易的好友元稹，寫過一首詩——〈箭鏃〉，表面談箭，實是用箭來比喻一支筆，「箭鏃本求利」，箭要磨得很利，但要磨利它並不容易，那麼磨礪它用來做甚麼呢？用來射兇殘！把箭磨礪，就是要射兇殘，如果不磨，就射不入，不射呢？人就不安！這裏是說他不射那些兇殘的人，就不安樂，見到兇殘，就是要射。哪些人是兇殘呢？為盜者。所謂「盜即當射」，不管他是官還是普通人。這就是白居易和元稹作詩的方向。

元、白都是唐朝人，唐人有很多反映時代的作品，而且很大膽地反映，何以如此大膽呢？原來唐朝的言論自由度很大。

《容齋隨筆》有謂，唐人歌詩，其於先世及當時的事，直詞詠寄，有甚麼便說甚麼，絕不隱晦，「略無避隱」。甚麼宮禁，甚麼嬖昵，非外間所應知者，他們都反覆極言，而上之人——最重要是上之人——不以為罪！就是為政者有這樣的胸襟，可以讓人們去反映時代，甚至罵自己（皇帝）、罵朝廷都可以。有這樣的空間讓人寫作，所以有這樣的偉大作品。

想想香港，也應該有這樣的空間，所以也不用怕，甚麼也可以照寫。於是，我便大着膽子寫寫東西。以上提及〈長相思〉之作，乃寫於一九八八年，翌

年一九八九年便有更多東西可寫了。

一九八九年是「五四」運動七十周年，那時眾學生已聚於天安門，我便寫了一首〈學運歌〉，是一首七言古詩。「七十年來呼德賽，卻憐德賽竟慳踪」，「德賽」指「德莫克拉西」，Democracy，還有Science，賽因斯。「五四」運動就是希望中國有民主、有科學。可是七十年來，這兩位先生——德先生、賽先生——依然芳踪杳杳，為甚麼呢？因為國家多難。這七十年來，中國正當衰運，最早就是軍閥割據，「既已群雄爭割據」就是說軍閥割據。軍閥割據「既已」，接着就是日本侵略中國，「蝦夷侵迫更張弓」，經過八年抗戰，「艱辛八載方奠枕」，繼而是國共內戰，「豺虎乘時煽暴風」，「易幟中原誇革命，把柄誅鋤極百凶。肉食滿朝紛樹勢，黨牛黨李力相攻」，幾十年來不斷鬥爭，「循至紅羊丁浩劫，茫茫大地陷迷濛」，幾十年來，「一波一浪滔滔下」，死亡者眾。還有就是「毒熱驕陽煎翰圃」，花也不得開，草又變焦，「百花難放草難蔥」。「秦皇元主生異代」，雖然秦始皇與蒙古帝君處於不同時代，但都是一樣，元主辱士，秦王焚書，「辱士焚書一例同」，幾千年以來，這事沒有變，帝王都是要控制讀書人。「天威嚴令張文網，儒林都付雪冰封」，文網一旦張開，全部讀書人要馬上閉口、封筆。

不過，松就是愈寒愈挺，「自古青松偏傲骨，愈寒愈挺愈蒼龍」。這兩句話，我特別標出來，因為明朝的胡寅在他的《讀史管見》説「莫強於人心」，人心很強硬，不過，不管有多強硬，統治者仍可以用幾樣東西來「收買」他，用甚麼呢？可以用「仁」來結他；用「誠」來感他；用「德」來化他；用「義」來動他。所以，不管人的心有多強硬，只要統治者是「仁」、「誠」、「德」、「義」，便可使這群人貼貼服服。另一方面，人心又是很柔的，不過，不管有多柔，統治者也不能够以「威」來劫他；不可以用「術」來詐他；不可以用「法」來持他、用「力」來奪他；即是説，統治者一味講「威」、講「術」、講「法」、講「力」，那麼不管人心有多柔，也會與之對抗。所以我這兩句「自古青松偏傲骨，愈寒愈挺愈蒼龍」，就是這個意思。

因此，幾千年來，有好幾場學生運動，就是與統治者對抗，最早一場學生運動是漢朝末年的清議。當時有一群讀書人互相標榜，有所謂「三君」、「八廚」、「八顧」、「八及」等等，「八廚八顧兼八及，清議激流世所宗」，即言漢朝末年此事。明朝有東林黨禍，所謂「東林事事關家國，風雨書聲振瞶聾」，是取家事國事天下事，事事關心之意。講漢朝、講明朝，一直講到「五四」運動，「五四洪潮今復湧，

礪節傳薪繼往功。奮臂登高燃烈火，熊熊燎盡楛荊
叢」，把那些「楛荊叢」全部燒盡，燒盡後天際便一
片光亮，「塵灰散後山光秀，白日沖融遍碧空。好
招國魂蘇禹甸，王道一平天下公。」這是一九八九
年「五四」運動七十周年時候寫的一首七言古詩。
一個月後我寫了一組詩：「豺狼一夕肆屠城，鮮血
淋漓濺舊京。誰料揚州嘉定後，燕都猶見鬼猙獰。」
詩中所說見仁見智，清兵入關，有「揚州十日」、
「嘉定三屠」，今日則有燕都一夜，三者應該一樣悲
淒。「坦克隆隆逐隊馳，鐵輪輾處血流澌。犧牲忍
見塗肝腦，痛想尼山覆醢時。」「尼山覆醢」是說孔
子聽到他的學生子貢被人剁成血醬——「醢」就是肉
醬——馬上把肉醬蓋起，不忍再吃。肉醬用的是用
孔子覆醢的典故。

第七首談到當時好像黨錮之禍般，到處抓人，被追
捕者如張儉般望門投止。

第九首談到香港。香港人見到如斯情況後，爭相移
民，「三春已晚百花捐，敢信繁華歲月延」，還說甚
麼繁華？五十年不變？很多香港人已不相信，於是
便選擇離開香港，那怕是要去很遠的地方，但中國
人又怎會真的願意走到如此遠呢，移到這麼遠就是
「辭根原恐永嘉年」，害怕如晉朝的永嘉之亂般。

最後一首談到當時很多人上街。昔日秦始皇找人占

算國運，算得一句話，就是「亡秦者胡」。既然亡秦者是「胡」，於是他派蒙恬率領三十萬大軍去征伐胡人，以為只要先把胡人亡掉，胡人便不得亡我秦國。怎料，這個「胡」不是「胡人」，而是二世「胡」亥，所以「亡秦者胡」並沒有算錯，只是解籤者解錯罷了。「他朝一炬阿房倒，不意亡秦竟是胡」，便借用此意，因為這場運動就是由悼念胡耀邦而起的。

我寫了很多有關時事的作品，後來出了一本詩集，名為《一路生雜草》。所謂「雜草」，就是蕪雜地寫，「草」就是寫的意思。全書有一百六十三首，取其諧音，就是「一路生雜草」。當中有一「草」是「黃土雜草」，言中國的事——「黃土」就是中國——，共十九首。第十八、十九首皆言台灣，因為台灣也是中國的一部分。「朋比營謀島國誇，偏甘自侮裂中華」，特別是說民進黨，不承認自己是中國人，自甘降低身份，分裂中國，中華民國國花是梅花，「殘梅落故家」，是借喻中華民國的處境。

第十九首講宋楚瑜被李登輝罷免。宋楚瑜本來是台灣省省長，後來李登輝廢台灣省，宋楚瑜便沒了這省長之職。「說難幾頁久摩挲」，是說宋楚瑜。韓非的〈說難〉是教人游說，說如何如何便可游說成功。宋楚瑜當然是懂得這些招數，可以成功游說李登輝

重用自己，但「近狎飛龍意若何」？眾所周知，接近
皇帝，當然是求利益。怎料這個「皇帝」的性情很
容易變，「畢竟龍飛翻首尾」，俚俗而言，「反轉豬
肚便是屎」，所以李登輝後來把這乾兒子——他把
宋楚瑜視作乾兒子——罷免了，所以當「龍飛翻首
尾」，便「一沾恩露即消磨」。這首是說宋楚瑜被罷
免的事。這兩首是講台灣的。

講到台灣，我在「雜草」裏，有十首詩，是集句。
所謂「集句」，就是取古人的詩句，集在一起之後，
變成自己的作品，而這十首都是說台灣的事。

以下仍是「賣膏藥」，吹噓一下。在「雜草」裏，
有若干首「香江雜草」談香港的事，其中一首談到
一九八九年六月之後，香港人紛紛移民，曾有人排
隊領取 BNO 時打架，「諒他明哲籍英民，動武能無
愧漢身。恍似黃天臨大難，不辭飄泊作流人。」中
國人頗淒慘，要到處飄泊，當二等公民。

詩集中又有若干首「回歸雜草」。第二首：「故侯罪
重應千古，新貴冠彈卻暫時。一俟津梁修定了，波
深不礙渡江遲。」講成立臨時立法會的事，原有的
立法會（立法局）不被承認而遭解散，不能够坐「直
通車」，並於深圳另組一臨時立法會，重新修訂一
些法例。「故侯罪重應千古」這句，是說彭定康，
因為彭定康於離任前數年，弄出一些所謂政治改革

——「政改」，使得「阿爺」那邊大發雷霆，魯平拍桌子罵他為「千古罪人」。另外有一群「新貴冠彈」，但只是暫時，任期只一年，但這一年可以修訂許多許多法例，法例一旦被修訂了，屆時就可以慢慢為所欲為了。「波深不礙渡江遲」，可能現在就是準備渡江之時。第十首：「定鼎無緣折足先，赤繩難繫九州全。覆公有兆還移去，重鑄河山再補天。」是說寶鼎。大家或許有印象，江西鑄了一個很大的寶鼎，作為香港回歸的禮物。這個寶鼎運抵香港時，用一條紅繩吊着卸下貨車，不料期間紅繩斷裂，整個寶鼎掉下折足。《易經》有言，「鼎折足，覆公餗」，鼎裏面盛着食物，放在朝廷給高官吃的，如果鼎折足，食物散滿一地，就是象徵這群高官皆沒有能力，即言皇帝所用非人，我取此意作了這首七絕。九鼎象徵九州，鼎足斷了，意即河山也要分裂，河山本要回歸，可是現在卻未能回歸。鼎可以定，也可以移，移鼎者，乃政權不穩，有轉移之象。

又：「帝國當年奉大英，輸將鴉片佈棋枰。看他侵霸如書字，都是橫行左右傾。」百幾年前英國橫行稱霸，侵佔香港。英文是橫向書寫的，我取這個意思說英人橫行。英文橫行，中文直行，所以我以直行來做PowerPoint（簡報）。

「縹緲南隅矗海天，迎來番舶百餘年。統歸姬漢存夷貌，回首滄桑蝶夢延。」這首也是説香港，香港現在回歸了，那政統便重歸中國，但又保存夷貌，所謂「五十年不變」，而「回首滄桑」，好像一場「蝶夢」，不過，蝶夢也好，港人皆欲延續至五十年，甚至更遠。以上是説一九八九年六月之後的香港現象。這幾首詩皆載於《雜草》。

有些是《雜草》出版之後寫的。二〇〇三年全球爆發「沙士」疫症，我便以「沙士」做題材。過去沒有「沙士」這事物，所以這個題目算是新的，我這是用一些新的題材來寫詩，寫了十首五言絕句：

「有口卻難言，欲言不敢喧。喧而誰願聽，為恐病之源。」當時的人都不敢説話，一説話便有飛沫，人人自危，所以人人皆戴着口罩以防飛沫。

「咳唾成珠玉，古人竟我欺。如今淪疫種，掩面蹙雙眉。」前人有説，唾液可變珠玉，所謂「咳唾成珠玉」，這句話是《晉書》中夏侯湛所説的，他是古人，那麼古人講這句説話，不就是在欺騙我們麼？唾液那裏可以變珠玉？唾液滿佈疫菌呢！所以「如今淪疫種」，唯有掩面、蹙雙眉了。

「不用抱琵琶，芙蓉已半遮。縱含羞與憤，難表意些些。」白居易有「猶抱琵琶半遮面」之句，其以琵琶遮面，現在不必了，口罩即可遮面。「縱含羞與

憤，難表意些些」，因為差不多半邊面被遮，人們內心是羞是憤，大家已難從面容辨知，因為只有眼睛外露而已。

「知心原不易，知面竟尤艱。道路相逢急。笑啼一一慳。」知心本來不易，現在連知面也難，而在街上見到面亦不用打招呼，因為縱使打招呼也見不到你的嘴是笑還是哭。

「一朝歸上古，老氏小邦城。來往無言説，好聞雞犬聲。」這種情況似甚麼呢？似老子所説的小國寡民。老子的小國寡民就是「鄰國相望，雞犬之聲相聞」，不用理會太多，所以寫了這首。

「更似周王厲，忽來弭謗嚴。苛條猶未立，先試道相瞻。」接着，我便借題發揮，這種情況又似周厲王的時候，人們不敢説話，在道路見到面，以雙眼對望便已，因為周厲王要監謗。這是借題發揮而已。

「對面猶千里，人情障片紗。何當濡以沫，一路放心花。」紗障了人情，那麼何時可以再相濡以沫，「噴下口水」（暢所欲言）呢？就是何時可以「一路放心花」呢？此乃寄望。

「禪門指本心，何必立言説。眉目況傳情，相知懷內熱。」有時，説話是否必須？其實並不需要。禪宗就是直指本心，不用言説，所以「何必立言説」。

何況，還能看見雙眼，眉目傳情，大家便可心照免宣，知曉對方之意，而「相知懷內熱」。

「幸有靈魂在，時危辨濁清。且留青白眼，來對世間情。」「靈魂」就是雙眼——即「靈魂之窗」，靈魂幸在，「時危」可以「辨濁清」。所以有末二句。

「療疾翻沾疾，相憐忍自憐。回春仁有術，一念化仙涎。」這是最後一首。當時連醫護人員也受到感染，「療疾翻沾疾。相憐忍自憐」，希望有朝一日可以回春有術，屆時唾液不再帶菌，而且「一念」之間可變仙涎。上乃當日沙士時候寫的十首五言絕句，是前人沒寫過的新題材。

同一年的暑假，有逾五十萬人大遊行，我也以此為題材，寫了好幾首七絕。時間關係——因為我打算講一小時左右，其他時間可以大家分享一下，所以我要把握時間，多說十來分鐘吧——這些我便不多說了……但還可以說說這首：

「璧歸自治卻無方，幾輩鷹嗾犬吠狂。且看吞舟魚漏術，咸陽一入約三章。」香港本歸港人管理，但卻不怎麼湊效，官員不怎麼有能力，這麼多人上街遊行，所以說「璧歸自治卻無方」。「幾輩鷹嗾犬吠狂」，是說有些人在嘈嘈吵吵。且看劉邦當日入秦（關）後，除秦苛法，只約法三章，此舉可謂是術，但人家有術，把那些苛法全部廢除，這便能收買人

心，但現在不然，與劉邦剛好相反，得嚴且嚴，這
又怎會不使人反感呢，所以連劉邦也不如。

「失卻明珠枉掘金，應知阿斗力難任。仰天同灑
艱時淚，莫負銜沙精衛心。」香港被譽為「東方之
珠」，不過回歸之後幾年，這顆珠失了光彩。為何
如此？阿斗啊！「應知阿斗力難任」，阿斗，不客氣
地說，就是「老懵懂」，如客氣說，就是「老好人」。
我這首是用黃遵憲贈梁任公詩的韻腳，因為當日遊
行的早上，溫家寶仍在香港訪問，演講的時候，
引了黃遵憲的一首詩來勉勵香港人，那首詩就是：
「寸寸山河寸寸金，侉離分裂力誰任。杜鵑再拜憂
天淚，精衛無窮填海心。」於是我便用此韻寫下這
首詩。

又說說二〇〇五年，剛剛十年前的清明前後，國民
黨主席——當時是主席——連戰訪問大陸，與胡錦
濤在人民大會堂握手，可說是國共第三次合作。我
便就這件事寫了幾首七絕。

程翔是一名記者，被扣押在北京近一年，二〇〇五
年被扣押，我就此寫了幾首詩。這幾首詩我故意
……你說是否轆轤體呢？可說是的。上一首最尾一
句，當為下一首第一句，一直接下去。做中國人，
愛國其實是很難的。隨時愛國會被說成是叛國，所
以「愛國從來苦亦辛」。程翔根正苗紅，應是很愛國

的，但卻被說成是洩露國家機密，要被抓去坐牢，這似漢朝時的蘇武、李陵。蘇武很愛國，但回到中國後，待遇很薄，李陵愛國，卻被說成是漢奸，家人全被殺掉，真是「漢家幾見厚功臣」？「枉全使節持歸去，十九年仍受辱人」兩句是說蘇武，蘇武在匈奴十九年，仍然拿着漢家使節，這是多麼的忠君愛國，但回到中國後，得到的只是獲賜二百萬，所以說「枉全使節持歸去，十九年仍受辱人」。

第二首重用上一首的末一句為第一句，即「十九年仍受辱人」。蘇武被困十九年，現在程翔只是被扣一年，就別多吵鬧，故謂「今囚一載莫輕呻」。且今天已很文明，超過了昔日的封建社會，所以說「叩首還應感帝仁」。這當然是反話。

下一首重用這句「叩首還應感帝仁」。「龍柔虎猛卻何因」？為甚麼皇帝有時這麼柔順，有時又會這麼兇猛呢？因為碰到他的逆鱗。而且，皇帝的情緒會經常變動，喜歡你的時候，相處親暱，一旦不喜歡你，便會把你殺掉，之所以「愛憎易變情無定」，因為你洩露天機，洩露國家機密──即如前兩日也把高瑜逮捕了，高瑜也是因為洩露國家機密而被捕。

「語洩天機此累身，憐卿夜夜夢歸塵」，這首說他妻子，過去一年經常寫家書給他，但卻是沒法寄出的，日日夢他回來，卻「空勞雁足千行字」，最後回

到第一句「愛國從來苦亦辛」。這是十年前，程翔被扣一年後仍未獲釋時寫的詩。

程翔一年後未獲釋，再兩年後便獲釋了。在囚禁三年後，突然間──突然間在年尾，過年前兩日，假釋回來香港，那年是二〇〇八年，那年初，整個大華南下大風雪，以致很多民工回不到家鄉。「三年枉垢混冤塵」一句，乃說這是冤獄，而「一旦開霾得及春」，即言可及時在春節前趕回家與家人團聚。回到家裏本欲見父母，怎料他父親已不在，所謂「一老終庭已九泉」，其實他父親早已過世，不過他的家人怕他在獄中傷心而不敢告訴他，現在他歸家吃團圓飯，看看父親在哪？家人才告知真相。當時，程翔的眼淚潸潸落下，「痛惜寒林烏鳥願，圍爐和淚說團年」，團年本是一家團聚，但目下卻少了一個人。那麼，究竟釋放他是真是假？「果繫民情抑繫仇」？胡錦濤曾說過「情為民所繫」，但究竟是繫情抑或繫仇呢？歐陽修有一篇〈縱囚論〉──放囚犯回鄉過年，過完年才回來──歐陽修的這篇〈縱囚論〉，說唐太宗放囚犯回家，是術而已，乃為收買人心，求名立異，謂自己是好皇帝，可以連囚犯也暫放回家。這裏就是說胡錦濤「宗唐術」，效法唐太宗此舉。但是效法又如何？一樣是滿朝盡怨尤，許多人皆充滿怨憤。是啊，人民是狗，天地不

仁，萬物為芻狗，「我民芻狗我君龍」，皇帝是龍，龍可以把弄天威。「刀筆寒如霜雪厲，蟬瘖還得謝恩隆」，程翔回到香港後，還要講句謝謝政府的話，正是「蟬瘖」也要「謝恩隆」。這兩首都是與程翔有關的。

我曾參加一個助學團體，名為「苗圃行動」，是到內地助學的，寫了十幾首相關的五絕——不過時間關係，我不唸了。

又說說時事，我看到一段新聞，在一個貧困縣，有一名小孩，只有幾歲，父親早逝，母親患了末期骨癌，時日無多。母親臨終前編了十條八條毛褲，有幾個尺碼，一條比一條大，這很細心，想到孩子現在穿的是細碼，長大一些就得穿中碼，再長大一些就要穿大碼，編好後沒多久便去世了。這孩子當時只有幾歲，面對一堆褲子也不曉得是甚麼事，我就寫了一首〈西江月〉：「撐住支離病骨。織來大小毛裳。針絲和淚萬千行。」我想他的母親編織的時候，織一針便流一滴眼淚，所以說「針絲和淚萬千行」，今日的針絲也好，淚也好，「都著孤兒身上」，這是說他的母親。下一闋便說小孩，這個小孩「已感三年春暖，得捱幾個秋涼」？那十來條褲子，能撐得多久呢？平常不穿的時候放在櫃子裏，到秋涼便開櫃子拿褲子，拿的時候，我猜想他也會

睹物思人，「一回開篋一回傷」，但母親不在，只能
「空念慈懷藹樣」。這也是取時事作題材。

最後又說說，自己一把年紀了，五十歲即「知命之
年」，此時亦教了近三十年的書——我約二十歲便
教書——教了三十年書，有些感受，便填了首〈沁
園春〉。幾十年來，尋尋覓覓，不斷教書讀書，又
讀書教書，最可惡就是秦始皇，焚書卻剩下幾本，
如果盡數焚毀，現在我們便不用這麼慘地讀書。餘
下數本，害得我們現在需要慢慢地去研究，所以
說：「天怎亡秦。竟留殘卷。累我沉吟課字艱。」不
過，「之乎者也」現在亦沒有甚麼人讀了，所以「今
何世、問之乎者也，古調誰彈」？唸中文是很痛苦、
很寂寞——不過今天也不寂寞，有這麼多人坐在
這裏——下闋：「霜嚴但覺襟單。幾時得春風渡玉
關。算儒冠多誤。猖狂乞食。芰衣猶在。努力加
餐。解縛療梅。祛淆護芷。負重泥塗未許閒。」「解
縛療梅」是取龔定盦〈病梅館記〉一文的意思，梅
花本來是自然生長，可以有很大舒展空間，但因為
有人喜歡它曲、欹、疏，便拿繩子、鐵絲之類把它
重重箍住，變成病梅——有病的梅花。當教師就是
要做解開繩子的人，把它解開，使梅花可以自然生
長。「祛淆護芷」出自〈荀子・勸學篇〉，是說把污水
清除，突顯芷的香氣，這是教師的責任。教了幾十

年書，捱苦的日子還多着呢，但人要有好的願望，眼前有多痛苦也好，也要有好的願望，「翹首」遠方，「青山鬱鬱。活水潺潺」，活水還是源源不斷的。剛才那首是十年前五十歲時寫的。轉眼之間，十年已過，年屆六十。六十歲我寫了這一首：「一將甲子重新數，棄昨亂煩去昨憂」，開首用李白那句，昨日之日不可留，如何也好，全部都過去了，自己捫心自問，還有赤子之心，「自撫詞心無失赤」。王國維說，詞人者不失赤子之心，自己自問也頗有孩童之心，「任渠疏鬢續添秋」。「歷經世網歸愚拙」，做人做到現在，有少許蠢笨也不錯，經過世網之後便歸於愚拙。「指撥停雲望沛油」，〈停雲〉是陶潛一首思親友的詩。

「近日學傳和事鴿」。何謂「和事鴿」呢？WhatsApp是也。「和事鴿」是我譯的。為甚麼譯作「和事鴿」呢？先是音近，又因魯仲連善言說，喜歡講些嬉笑怒罵的話。他常說些嘻笑諧謔的話，來為人排難解紛，所以有「和事魯」之稱。而鴿乃傳訊之物，WhatsApp所傳的，通常都是些古靈精怪的事物，都是些諧謔說話，所以我譯它做「和事鴿」，按一按就可說些有趣的事。因為按一按便可以傳送，所以我就用「指撥」來形容它，「指撥停雲」（傳WhatsApp訊息），不就是與親友交往？所以說「指撥停雲望沛

油」。陶潛又有〈歸去來辭〉說：「悦親戚之情話」，所以我意思是，只與親友以和事鴿說説情話。

而現在的人喜歡做低頭一族，我卻不低頭，「低頭」二字，語帶相關，做人要昂起頭，不要低頭。「沛油」出自《孟子》「油然而雲，沛然下雨」之句。這是最近六十歲寫的一首詩。亦最近才用智能手機，為甚麼用智能手機呢？因為我愚拙了，愚拙了便要用智能手機。

最後談談一些理論。孫琴安說，少年之作，往往有成人所不可企及的，因為成年以後，詩藝成熟，人寫的東西多了，自然會較前成熟，但反而性靈會減退。所以作詩要論詩藝，不過又不在於詩藝，要講性靈，但同時又要有詩藝。那麼二者，何者更重要？他認為性靈畢竟在詩藝之上，就是要有真性情，所以我說「自撫詞心無失赤」，仍有一點赤子之心，仍有點性靈。他是這樣説，但亦有人持不同的意見。

況周頤《蕙風詞話》有言，詞有寄託——常州派言「寄託」——所謂寄託者，是流露於不自知，不是刻意地要寄託，若刻意反而沒有了寄託，要不自知才是。這個不自知，便是性靈。所以性靈即是寄託，寄託即是性靈，二者是一而二，又二而一的。他又説：「填詞之難，造句要自然」，自然之外，又要前

人未曾言及，這能否做得到呢？做得到。「其道有二」：一，就是性靈流露；二，要書卷，書卷就是經驗，就是讀書是否讀得多。性靈關天分，書卷關學歷，如果學歷充沛，縱天分稍遜，也可有「資深逢源」之日，所以書卷是不會負人的，他的意思是，多讀書吧，多讀書總不會吃虧的。中年以後，天分不可恃，所謂性靈，有時會慢慢減退，但是學力只要積儲了，便會一直保存下來，「苟無學力，日見其衰退」，那便會江郎才盡。試把況周頤與孫琴安之言作一比較：孫琴安認為，需性靈，亦需詩藝，但性靈畢竟在詩藝之上；況周頤則謂，中年之後，天分便不可恃——天分就是性靈，性靈不可恃，所以要有學力，有學力才有詩藝，究竟兩者誰較正確呢？這可以用李贄的一段說話來解答。

李贄是明朝理學家，有一套理論稱為「童心論」，認為做人要有童心。「古之聖人」何嘗不讀書？不讀書而童心依然存在，即使多讀書，也只是用書本來護此童心，因為當時有人說，讀書愈多，性情愈假，所以不如不讀書好了。他卻說，書要讀，可以讀，但讀書的作用是以書本的學問來護此童心，這樣便一方面既有別人的學問，一方面又有自己的性靈，所以並非讀書愈多，人便愈狡猾的。而我就是想說，書是要讀，但讀的時候，要保持赤子之心，這

對於創作是很有幫助的。

因此我有時也喜歡開開玩笑，用些嬉皮笑臉的話來寫詩，以下有幾首比較有趣。我有首詩就是說梳頭——早上梳洗有感。「剃面鬚彌密，梳頭髮愈荒」，鬚愈剃愈長、愈剃愈密，頭髮卻愈梳愈少，究竟可否倒轉？如能倒轉該有多好，「天公如恤老，倒轉又何妨」？頭髮愈梳愈密，鬚則愈剃愈少，便會愈來愈俊美。「世俗爭長短」，頭髮有長有短，世俗的看法也是認為長就是好，短就是不好。而我的頭髮少了、短了，出門便不敢搔首，「天原顛倒慣，莫吝此毫毛」二句，即言天公可否倒轉兩事呢？這句話我語帶相關，說天本來就是顛倒慣了的，不如把我的兩處毛髮也作顛倒，使鬚愈來愈少，頭髮愈來愈多，可不可以呢？這是借題發揮，言天原是顛倒是非慣了的。

去年是甲午年，中秋當日我寫了一首即事，首兩句說，有兩個冤家，幾十年來互不理睬，想不到今年竟合流了、統一了，在甚麼基礎之上統一啊？在舌尖上統一。「一統舌尖成大業，創收共製——地溝油」！因為去年中秋，台灣也發現有地溝油，地溝油本是大陸的專利，現在台灣卻也學此壞東西，原來是統一了，大家都懂製造這東西了。這也是說說笑。

最近很多「鳩鳴團」，「自由路上自由行，到處鳩鳴耀國榮。不是名牌難入眼，大媽銀兩比公卿。」這些也是戲詠而已。

我也寫過一首戲詠香港某前高官，說他「不義貪來狂浪使」，不斷貪錢來作胡亂花費，他「慣奢難儉貧難抵」。此人是誰？「衣冠楚楚此君誰」？可能是人，也可能是鬼，「或許是人終是鬼」，此高官姓名，可從此句諧音得之。

我也寫過某藝人，「人皆望子可成龍」，「誰料英名盡付東」！幸好他只是坐牢半年，「幸只牢房囚半載」，如果被控告尋釁滋事便更糟糕了，這要坐十多年呢！這些全是戲詠。

且看看黃仲則的「十有九人堪白眼，百無一用是書生」，原來讀書人、書生多被奚落，所謂「百無一用是書生」，人人皆以白眼對之。所謂「白眼」，是阮籍說的：「能為青白眼，見禮俗之士，以白眼對之。」即是說，讀書人被人以白眼相對，實亦可以用白眼對人，對那些看不起讀書人的人，便可以用白眼對他，所以讀書人受人白眼，也可以用白眼對人。

黃山谷為晏幾道的集寫序，言及晏幾道有四癡。黃山谷序晏幾道《小山詞》：「仕宦連蹇，而不能一傍貴人之門，是一癡也。論文自有體，不肯作一新進

士語，此又一癡也。費資千百萬，家人寒飢，而面有孺子之色，此又一癡也。人百負之而不恨，己信人，終不疑其欺己，此又一癡也。」如此這般為一癡，如此那般又為一癡，原來做詞人、做詩人，是要癡的。

我寫了首詩——〈尋詩偶得〉：「欲吐高華絕妙詞」一句，是說想寫好的作品，並不容易，「戛戛乎其難哉」，這是韓愈所說，正是「艱難戛戛苦無依」，一心想寫好的作品，然而怎樣寫才好呢？偶然間在道路上——就是詩衢上碰見阮籍及晏幾道，他們二人給了我一個錦囊，「笑道錦囊是白癡」。阮籍謂要以白眼對人，晏幾道作詩則因為他癡，兩者合在一起便是「白癡」。原來要作詩的人是要白癡的，所以大家都要有心理準備做個「白癡仔」。

說到這裏，我總結一下。孔穎達有說，詩有三訓——有三個解釋，有承之意、有志之意，有持之意，承者乃承君政之善惡，志乃述己之意志，持乃保持溫柔敦厚之性行，別走錯路。

笛卡兒有一句話——「我思故我在」。我把這句話改一改，改成「我『詩』故我在」。因為「詩」有這樣的功能：既是承君政之得失，又述自己的心意，又持人之性情，所以懂作詩之人，一定是有思想的，因此，我這個「詩」字，可以蓋過他那個「思」字，他

那個「思」未必有這個「詩」，有思想的人未必懂作詩，但懂作詩之人一定有思想，所以我改一改這個字，變成「我『詩』故我在」，比笛卡兒那句說話更加有力呢。

以上說了一些拙作。我最後仍想補充一下，我多年來受着一些人的影響。且說說我的三數位詩友。我讀大專的時候，最要好的同學是朱鴻林，朱鴻林現在是理工大學的講座教授，兼香港孔子學院的院長，我讀書的時候跟他較為稔熟，在大二的時候，他寫了一首詩送給我。我是廣東雲浮人，他則是潮州人，他說：「君家雲浮遠，我家舊潮州。相見錦渡頭，結伴盟沙鷗。壯圖慕擊楫，攜手上蘭舟。離亂傷萍轉，天風舒我憂。得遂鶺鴒計，一枝足春秋。行藏鍥不舍，抱道求東周。」很感激他送了這首詩給我，以後我倆續有些詩唱酬來往。

有些老師也是很好的，因為時間關係，我只特別提一提幾位。涂公遂是珠海中文系系主任，他一九八七年退休，寫了一首詩給同學，我步其韻，寫詩回贈他，特別提到一句，「曾隨修竹寒松倚」，因為那時我與涂教授及一群老教授，定期於松竹樓聚餐，所以說「曾隨修竹寒松倚」，而這些老教授有這幾位：黃麟書、黃華表、涂公遂、王韶生、黃尊生、甄陶、李伯鳴、黃用諮、陳克文、黃湘華、陳

直夫。而我是最年輕的，那時才廿歲出頭，這個聚會是由甄陶教授做召集人，甄陶當時年紀大，通常會找我代他打電話，我便逐一聯絡，相約到松竹樓上聚會。這群是當時較年長之長者。

另外我有詩送給李孟晉，也只是想趁機說說，我每個星期六，皆偕李孟晉及眾詩友有聚會於彌敦酒樓，同席者有王老師──王韶生、李任難、彭樂三、劉翊偉，這些都是香港一些詩人。在此略及過往的詩壇狀況。

懷冰就是王韶生，他是我的碩士論文及博士論文指導老師。這些我不多說了。說到甄陶，甄陶之齋名為「袖蘭館」，其詞集名為《袖蘭館集》，我是他的學生，但不是珠海的學生，是在外面的學生，他一九八〇年患上肺癌，我有首詩給他。甄先生組了一個社，名為「鳴皋社」──所以我的集也是用「鳴皋社」出版。首二句「振藻栽桃且委心，安和歲月託泉林」，當中「安和」兩個字出自東坡，東坡說，做人要懂得「安」，「安」則物之感我者輕，又要「和」，「和」則我之應物者順。我勸老師事事放開，「安和歲月託泉林」。「門前尚有西流水」語亦是東坡的話，既然「門前尚有西流水」，則「爨下當餘白雪音」。「徙倚蘅皋招羽鶴」，這是說「鳴皋社」一眾同仁，「歸來蘭館理桐琴。茫茫大地揚塵處。待整詩

壇起陸沉」，因為甄先生是《亞洲詩壇》的社長兼總編輯——而我曾協助他處理編務。

甄先生一九八二年去世，我每年皆往祭拜他，一九八五年，即三年之後，在拜祭他的時候，竟然發現碑的後面有一株蘭。他的館名為「袖蘭館」，而竟然在他的墓碑後面有一株蘭生出來，這麼奇怪，且「翠葉挺然」，難道是「先師魂魄有靈，高抱不墜而化之芳物」？為此我寫了一首五律：「一任秋陽暴，碑題色尚丹。騷魂縈翠隴，駿骨化幽蘭。生既長紉佩，死猶共露餐」，希望春風可以護惜它，「春風如護惜，忍使國香殘」——國香就是蘭花。即是說他逝世後，有一株蘭花生在他的碑後，而其館名為「袖蘭館」，不知是否魂魄有靈？……

我曾寫過文章介紹甄先生的詩及《亞洲詩壇》。這期《亞洲詩壇》，鄺教授有否印象？一九六四年那期，當時中文大學新亞書院的鄺先生（鄺健行教授）也曾投稿，此乃鄺教授當年之大作，「孤清淪漾獨無依」，四十年前之舊作，頗有年少多情之致。因為這本刊物當時有一個篇幅是給年輕人投稿，增加青年作品一欄，以扶掖後進，第一集有黃競強的〈悼丘鎮英教授〉——丘鎮英就是丘成桐的父親——黃競強當時很年青，她有幾姊妹，幾姊妹皆用男性名字，黃競新、黃競剛、黃競強，但都是女孩子。

——此為一九六四年鄺教授的舊作。

另外一位老師是黃尊生先生。黃尊生與葉嘉瑩為姻親關係，我當年寫過一本小書介紹黃尊生的詩，黃尊生把這本小書寄給葉嘉瑩，葉嘉瑩回信給黃先生。我這本介紹黃先生詩的書，輯錄了許多對他的評語。葉嘉瑩在信中，大意說，此輯錄諸家評價之言，往往多為嘉瑩當日拜讀之時的心中所感，惟未能名狀，現讀諸家之說，覺此稱美之言，信非虛語也。蓋以姻伯——姻伯即黃先生——之學養、襟袍盡在其中矣。可以傳世、可以不朽。嘉瑩近日工作繁忙——這是說她當日在四川與繆鉞撰寫那本《靈谿詞說》的那段時間——所以現在奉上論陸游詞的那部分稿子給他。這是當年的信（簡報展示當年葉嘉瑩那封寫給黃尊生的信），當年葉嘉瑩於四川與繆鉞寫《靈谿詞說》。黃先生很長壽，九十多歲，在他九十歲時，葉嘉瑩寫了數句賀辭給他：「香山初謁。十年既往。翁壽彌康。如山長仰。懋學中西。洪流泆溚。瞻望遙天。願隨履杖。值此良辰。益增慕想。古墨一匣。聊供清賞。」這是她當年的手筆，恭祝黃先生九十大壽。而繆鉞亦在黃先生九十歲的時候，於成都寫了首詩給他：「中原曾見海揚塵，卓爾天南獨行人。閉戶著書多歲月，一觴遙祝百千春。」當時黃先生九十歲，寫字尚很有勁，這

是黃尊生先生九十歲自己生日的時候，回贈給葉嘉瑩的詩：「十年遠契緣非淺，兩代通家誼並親。講席東西沾化雨，詩囊詠雪沃靈根。炎陬馬齒徒虛度，錦里鶯音喜得聞。碧管生輝貽古墨，感君長寵歲常新。」

我過去幾十年，就是得到這些同學、老師的照顧，算是懂寫幾句詩，不過皆為塗鴉之作，今天有個機會與大家分享，希望大家多多指教，因為時間有限，希望能留一點時間跟大家談一談、分享一下。今天我所說的就是這些。多謝各位。

璞社古典詩藝座談會
（第五會）

日期：二〇一五年六月六日
講者：陳永正教授
講題：古典詩詞創作淺說
過錄：余龍傑

鄺健行教授：今天的講者陳永正教授乃中山大學古文獻研究所嶺
南文獻研究室前主任，現在是中華詩教學會會長，
著有《沚齋詩詞鈔》、《嶺南詩歌研究》、《王國維詩
詞箋注》等等。其實，陳教授名滿藝壇，已像一般
舊小說所講的「誰人不知，哪個不曉」了，本來就
不需要我介紹，所以剛才那幾句介紹的話，只能夠
是耳熟能詳的介紹，甚至可以說是浪費時間的介
紹。我想說的是，我想代表璞社全人，對陳教授的
蒞臨，表示深深的謝意。璞社只不過是大專學校裏
師生共同組織的一個普通的古典詩社。我們不以研
究為目的，只注重古典詩歌的寫作。這一次蒙陳教
授的不棄，惠然前來，通過他今天的講話，以及我
們對他的請益，相信將會對璞社詩友以後寫作的實
踐有莫大的幫助，這使我們感激萬分。我亦想向陳

教授簡略報告一下，璞社設立古典詩藝座談會的用
意。璞社每月詩課、月會，社友都是認真寫作和
交流，他們的詩藝亦逐漸提升。不過這畢竟是一個
小圈子的交流，雖能幫助提升詩藝，但效果不算最
大。因為在這個圈子以外，還有許多金針指南，需
要我們去聽、去知道。這些金針指南，才是我們的
最大幫助。有見及此，我們從去年開始便擬定了古
典詩藝座談會這個活動，每兩三個月舉行一次，邀
請著名的詩家，現身說法，介紹他們對詩歌藝術的
處理方法和心得，他們的真切體會和寶貴經驗，絕
對能夠大大幫助璞社社友創作。我先說到此，現在
邀請陳永正教授為我們演講，歡迎陳教授。

陳永正教授：很感謝酈先生，先開一個玩笑吧！不要那麼正經。
剛才我想冒充老人，我快要過七十歲了。我問酈先
生：「你也快退休了吧？你也將近六十歲了吧？」酈
先生大笑着說：「我的年紀可能要比你大啊！」了不
起啊！你們看酈先生，同學們你認為酈先生今年幾
歲呢？過六十歲了嗎？

眾　　　　：未過。

陳永正教授：我和酈先生神交多年，儘管見面次數不多，但酈先
生和璞社老早是我精神上的朋友了。讀過璞社的
社刊，那是很多年前寄給我的，璞社有這麼漂亮的
詩，真好！璞社已經成立許多年了，我們中山大學

當時還沒有一個詩社。我先講一件事，希望大家關注，在十年前，我在澳門大學開會，看見施議對先生和黃坤堯先生，和他們聊天。黃坤堯先生説，香港每年辦三次詩歌大賽，一次是給大學生的，一次是給中學生的，一次是給全社會的，我很羨慕，便提議好不好辦一次粵港澳大賽，黃先生説好，我們便馬上動手。我回到中山大學，便向系領導匯報，他説好。但過了兩個月後，了無聲息，我問系領導怎麼辦，他説不辦了！我説已答應了黃坤堯教授，他已籌款了，若我們不辦，很丟臉。於是我和中文系商量，辦一個詩社，名為「嶺南詩社」，參加的學生從來沒有接觸過詩，卻有興趣來學習。兩個月後，大賽如期舉行，中山大學獲獎入選人數佔三分之一，這説明年輕人是很聰明的，肯學就會成功，這一句是對在座各位説的，每一個人都可以寫詩，都可以寫好的詩。大賽現在已辦到第九屆了，我記得我和學生第一次講課的時候，一開始便説，詩人是從石頭裏爆出來的，是不能培養的，但每一個人，都可以成為會寫詩的人，會寫出比較好的詩的人。所以今天的講課，目的不是培養大家、教育大家如何成為一位詩人，而是教育大家成為一個會寫詩的人，或者會寫得比較好的詩的人，這十分關鍵。要寫好詩，怎辦？我從小就學寫詩，一直

以來，學甚麼詩呢？學《水滸傳》和《西遊記》內的
詩。讀初中，我便寫詩了，模仿西遊記體、水滸傳
體，模仿宋江的反詩，得意洋洋。後來讀高中，
一九五七年看了《人間詞話》，十分迷醉。那時剛
好大躍進，要除四害，每一個中學生都要，敲銅
鑼、面盆，嚇走四害之一的麻雀，有些麻雀驚飛，
掉下來便死掉。我們在屋頂做這件事，若半個小
時、一個小時過去，都沒有麻雀飛過，我便看《人
間詞話》，十分迷醉，便按照《人間詞話》的方法去
寫詞。後來我跟朱庸齋先生學詞，朱先生指《人間
詞話》是一本很好的理論書，但不能夠指導人們學
詞，人們若完全按照它的方法寫詞，作品便會差。
他建議我可以看看王國維的其他著作，例如他的文
章〈古雅之在美學上之位置〉。這文章非常重要，
影響我的一生。我後來學詩、學詞、學書法、學古
文，都按照文中的道路走。這篇文章大約的意思
是，文藝是天才的製品，但一般人不是天才，只能
夠通過古雅的道路，長期的學習、訓練、仿古、學
古來製作藝術品。他舉了一例，王漁洋天賦不很
高，才能也不很大，但他學古、仿古，模擬唐人、
宋人，便能寫得成功。王漁洋的七絕學王半山，並
得其神韻，朱庸齋老師亦叫我多看王安石的七絕。
王國維的這篇文章說，這種學習古雅的製品，能夠

與第一流天才的製品相提並論。若天才屬上上級，
走古雅的道路能達到上中級或上下級，能造出一流
的製品。王國維先生的這篇文章對我啟發很大，因
我知自己的天賦不很高。我很用功讀書，我看見同
學讀書不甚費力，很快便學會，我卻學得很慢。我
後來學佛，認為自己學佛是「鈍根」，天生比別人遲
鈍。我學書法，臨摹很久，也不能成功，只能通過
幾十年的努力，不停學。詩詞也是這樣。所以，我
介紹大家看一看這篇文章，在《觀堂集林》裏有，
在《王國維全集》裏也有。古雅是一條道路，當然
不是每個人也得這樣走，天才走甚麼路都可以。我
當了幾十年的老師，我認為天才是不用教的，蠢才
是沒法子教的，做老師是教一般的人，讓他成才。
寫詩也是這樣，基本上是不能教的，但通過學習，
便能寫好一點的詩。有些人說，徐晉如是我的博士
生，我說他不是由我教出來的，他入我門的時候，
詩已經寫得很好了，我絕對教不出這麼好的學生，
他是從石頭裏爆出來的。在座如有天才的話，可以
不聽我說話，但古雅這一條道路，不妨走一走。
第二點，昨日我聽見董就雄先生在研討會上，談及
璞社的宗旨是求真、求新，我完全同意，很好。
真，不單止詩詞，所有藝術都需要真，做人也要
真。真是一切的根本，沒有真，便沒有人。做一

個假的人是沒有意義的，詩人更要真。新，是每一個從事藝術的人心目中的高境，創新是終極的追求。在此我想提醒一下，我先不談詩，談書法。這十多二十年，由於我在書法界的位置，我接觸了許多人，很多青年的天賦很高，十來二十歲，筆墨的功夫便很了得。二十年前，他給我看他的字，那時他十來二十歲，寫得很有新意。過了二十年，我再看他的字，發現和以前差不多，沒有新意了，甚至退步了。詩也會如此，我看見許多青年人，十多歲時寫的詩，很有華采，很有新意，很動人，過了五年、十年，再看他的詩，沒有進步。所以甚麼才是求新呢？我的主張是求新思想、新語言、新風格，都很好。更重要的是，創新是終極的追求，畢生也要追求創新。我和學生講課的時候，是主張守舊的，因為學生二十一、二歲，要「求新」是容易的。很多新的思想、巧妙的方法，他們很容易便能寫出來，這就是廣州話的「霎眼嬌」，霎眼一看很美，多看兩眼卻覺得沒有甚麼大不了。我和中山大學的學生講了很多次課，每一次都說，新是一生追求的目標，可能到四十歲、五十歲，仍能創造一種新的風格。如是天才就不用說，二十來歲便能夠創新，像李賀一樣。一般人卻不能這樣創新，須通過長期的苦學，才能成功。詩除了要求創作者的天賦，更要

求技巧，所有藝術也講究技巧。新是思想新、語言新、詞彙新，這些都是表象的東西，詩技、詩藝才是深刻的，是要長期浸淫才能夠掌握、理解的，所以我和學生上課還是要求他們先仿效古人。上課看了韓愈的文章，要他們翌日馬上模仿韓愈的文章再寫一篇；看了柳宗元的文章《小石潭記》，要他們翌日馬上模仿柳宗元的再寫一篇。寫詩也是這樣，拿一篇古人的名作，逐字逐句模仿，可以和韻、換字，原作「東風」，換作「白雲」。我在第一節課，便列出許多古人的名句，例如「野徑雲俱黑」，讓學生以原創句子對聯，我看過了，覺得可以了，讓學生再想一句句子對他剛剛寫的下聯，這樣，學生便偷了杜甫的句式。又如李商隱「春蠶到死絲方盡」，我讓學生做對聯，再讓學生對自己寫的那一句，這兩句便是學生的作品了，他便把李商隱的句式偷來自用。這樣看，學對句是很重要的。我主張學生先學律詩，再學古風。七絕不用學，因不能學，如果學詩從七絕入手，我的經驗是那一定寫不好。我曾經和毛谷風先生用文言文在《歷代七絕精華》寫了一篇序，談及我認為所有的詩體當中，七絕是最專的，不能學，但有方法可以寫得較像樣。寫七絕得靠天賦、靠新、靠才華、靠動人，七絕很難學好。但學律詩，通過學古、古雅，能寫得比較像樣。學

律詩先學五律，《紅樓夢》說林黛玉教香菱學詩，先學五律，我完全同意。但是，林黛玉說如果學五律，應先學王維、孟浩然，我便不同意了，因為他們很難學，王維的詩無法學，我主張學低一點的，學賈島、學姚合、學晚唐，甚至學四靈也沒所謂，這些話說出來，可能各位老師會覺得大逆不道，為甚麼要學四靈那麼低層次呢？他好在甚麼地方呢？姚武功，不簡單。我記得，當年施蟄存先生評我的詩，說我宛如姚武功，後來我在出集的時候把施先生的這封信刊出，有些人代我不忿，說施先生把我貶低了，說我像姚武功；我說抬舉了我才對呢！像姚合談何容易呢？才不一定要學陳簡齋、陳后山、王維才稱得上好。像姚合、四靈這些，句子工穩，對偶有方法，一定能學得會。入門可以學他們，之後便不能學了，因為這些詩比較瑣碎，姚武功的詩有許多缺點，很小家氣，但對入門的人來說，他的詩在對偶、結構體裁方面，能提供許多學習之處。這一點就是我從董就雄先生的講話裏悟出來的道理。

真和新都是必要的，是每一個詩人都要畢生追求的。我給在座各位學生的建議就是，在二十三歲前，不必急於培育個人風格或獨特之處，就像你要在二十三歲成為大學者，在學術上有大創見，是不

大可能的，當然有些人天賦很高，他們或許是可以的。如果研究科技、高等物理、數學，二十三歲的學者也許能研究出新的東西。但是研究社會科學、文學，是要慢慢來的。詩也是如此，二十三歲時寫的詩，一定不成熟。我出版詩集的時候，把二十五歲前寫的詩全部刪去，一首不留。周錫䪖先生是我的同學，也是董先生的老師，他問我為甚麼把所有詩都刪掉呢？當中有許多是我們二人唱和的詩。我回答說，沒有必要把二、三流的東西留下來，未成熟的詩都刪掉吧！免得將來五、六十歲重看時後悔，想道：印了那麼多劣作出來給人看，別人會保留這些詩集嗎？周錫䪖先生有一次很不高興，我二十五歲之後，有一次到訪他的家，跟他說：「我當年寫了那麼多詩給你，你有沒有保留呢？」他很歡喜地說有，並拿來一大疊我年輕時寫的詩稿給我看，我說了聲多謝，然後把這疊詩稿放進袋子裏去，便離開他的家了。他當時很不高興，我說這些是垃圾，我實在不好意思把這麼多的垃圾放在他的家，我便代他掃垃圾吧！董先生如有機會見到周先生，可以問一問他，我是不是這樣做了，當時他生氣得漲紅了臉呢！

董就雄教授：他可能還留下了幾張詩稿呢！

陳永正教授：哈哈！求真、求新是璞社最好的宗旨，每一個人都

希望自己在藝術上能新創，但我建議寫詩時有一點兒新意是可以的，可是我不同意在二十三歲前，或畢業前，發明新的藝術手法或新的風格，這是不可能的，我幾十年的經驗證實了這是不可能的，當然天才並不一樣。這個年歲寫出來的所謂新東西，一定會讓幾十年後的你後悔，並想：我當時為甚麼發表這麼幼稚的作品呢？這個時候，新詩還可以，但古詩裏盡量不要有新的風格和手法。三十歲後，作者有能力了，可以慢慢摸索，我主張「百尺竿頭，更進一分」，我也不敢講「寸」，在傳統的基礎上，進一分是你自己的。古代的詩歌，許多天賦極高的古人花了畢生的精力寫詩，他們的詩是一座高山，是很高的標杆，你很辛苦才能爬上去，你能夠有一分的貢獻便很了不起了。但現在有許多人是企圖在傳統的高杆旁邊另豎一杆，他們的野心很大。我現在基本上不和書法界的頭面人物交往了，很多人在書法上否定傳統，說王羲之不要得。早幾天我才聽見一位在中國十分著名的書法家說到了這個問題，我的老朋友張桂光先生在旁邊聽見了便十分生氣，這位先生在書法界的地位很高，也是理論的權威，他說以王羲之的字投稿至國展，都不會入選，這就等如說把李白的詩投稿至中國的詩詞大賽也不會入選。能說出這麼狂妄的話，他必想「百尺竿頭，

另豎一幟」。這位先生認為他的書法風格與古人完全不同，他有幾十個擁戴者，他們專門模仿他的書法，參加國家展覽，評委看見了，十分欣賞。我參加了許多次全國書法大賽，我也做評委，做了一次，就拒絕再做。那些評委拿起了書法作品看，作品凡是異相的、與眾不同的、怪誕的，他們便說：有點感覺，留下來。他們的看法很新，但這不是真正的新，而是幾位創新家自創一體，然後有一群擁戴者模仿他們，實際上製造了一種流行書風，我希望在詩詞界不要有流行詩歌。西方評論家丹納說的，一個天才在獨唱，合唱團嗡嗡地和唱，天才永遠站在最高處，其他人只在低處和聲。現在書法界有人自以為是天才了，搞了一個樣子出來，下面有一群人學習他，謂之生態。所以大家求新時莫要求偽新，偽新就是似新非新。

創新應是風格新。風格有一個假的結拜兄弟叫特徵，許多寫詩的人、寫書法的人、繪畫的人希望創造新的風格，結果只是弄出了新的特徵，以特徵冒充風格，這現狀極為普遍，泛濫於當代藝術之中。許多特徵都不是風格，例如寫書法時，把一個字寫得歪向一邊，或修飾那些彎、把字打扁來寫，便製造了許多特徵；在詩歌上，也見這些苗頭，一會兒也會談及，許多在網絡寫詩的人都有很高的天賦，

我也有關注，我昨天在研討會的文章裏也特別談及：二〇〇〇年之後網絡開始發達，中國詩亦登上了另一個境界。許多網絡詩人的天賦極高，他們中間也有我的朋友，他們的詩詞了不得，他們都是天才，我遠遠不及他們。網絡上也有很多人，寫得很有特色，十分奇特，語言、手法奇特，很多人模仿這些體裁，但我再認真想一想，這些都不是風格，只是特徵而已，特徵很容易便能製作出來，風格是一個人幾十年累積的天賦、修養、內心和精神世界、學養、對技巧的熟練、對其他東西的掌握。一個詩人對經書、古文、詩歌、繪畫、書法、佛學、歷史，種種的綜合，然後才能慢慢形成風格。詩歌的風格更是這樣，並不能以三兩年製作出來。所以我希望大家寫詩的時候，以新的思想、看法、感受來寫詩便足夠了，不要急於在風格或技巧上創新，這是我多年的創作和教學經驗告訴我的。我不忍心看見寫詩的人都這樣，盲目地捧一個錯的偶像十多二十年，到最後以失敗告終。這二十多年來我看見不少有才的青年，都想在新風格上有所突破，結果無一成功，反而老老實實地、按部就班地寫的，能夠有點新意和新的手法，可能再過十來二十年，他能夠寫出新的風格。這一點我不知道對不對，大家可以討論一下。「探索」這一個詞語很有味道，

若你知道那條道路是不通的，就不要去探索了，別人探索過，證明是行不通的，你就別這樣走了，走古代人和大家都認可的路，去學古。我們看看古代的文學理論，幾乎所有的古人都說自己是學某一家的，學李白、杜甫、李商隱、李賀，然後綜合幾家，學寫出自己的東西。我講講自己的創作道路，先講書法，為甚麼講書法呢？是希望各位寫詩的人能學一學書法，我從前很喜歡寫字，跟隨著名書法家李天馬學習。我在二十四歲時第一次參加在越秀山美術館舉行的全省展覽，我欣賞着自己的字，看得出神，背後的人說：「這是李天馬的！」這一句話如佛家的「棒喝」，我是陳永正，為甚麼會變成李天馬呢？我悟出了不要再學老師的字，應學多家，學王羲之、趙孟頫、蘇東坡、黃庭堅，甚麼都學，到現在，我才認為自己的字有一點兒風格。如果我一輩子都學李天馬，我只會是陳天馬。現在廣州有很多書法家，是張華三、李華三，因為他們都學麥華三。有吳子復，許多人便是張子復、李子復，這道理大家明白。詩也是這樣，入門以後，基本會寫詩了，先學一家，是很必要的，慢慢探索。我喜歡李商隱，便慢慢研究他的技巧。學詞，我喜歡王碧山，先學碧山。好像周濟所說，學詞，「問途碧山」，學完碧山，學吳夢窗、辛棄疾，然後「還清

真之渾化」，學周邦彥。這是一個過程，但先選定一家是十分重要的，選哪一家好呢？杜甫、李白、李賀這些天才，你千萬不要選，其他的都可以。自稱學道的人，是學了很多次才能學道的，很多人學道，就像我，我是學了陳后山、黃庭堅、李商隱、王安石、陳散原、鄭孝胥，鄭孝胥是漢奸，詩卻很好，我還學黃晦聞，這一群學道成功的人，我學他們，最後我才學道。學這些人，看看他們如何學道成功，我特別學陳后山，花了很多時間呢！當時文化大革命，我把陳后山所有的五律，手抄一次，抄在一本小簿子上，當時我們每天都要學習毛澤東的著作，我便把這本小簿子夾在「毛選」裏讀，認認真真看兩小時「毛選」，然後便模仿着寫，我在文化大革命期間寫了大量的詩，寫得最好的全是在「政治學習」時寫的，當時我們一個星期有五個下午和三個晚上的「政治學習」，我便一邊讀「毛選」，一邊做筆記，還有寫詩。你們不用過這些日子，但是通過這種學習，我掌握了陳后山的語言、風格和特徵，當然先學特徵，再學風格，還學習了他的句式、句法、如何對偶。我還學了陳簡齋，就是陳與義。當時教我寫詩的老師佟少弼，他叫我學簡齋，推薦我讀《瀛奎律髓》，這本書是由元代詩評家方回編的，現存李慶甲先生的校點本、集評本，是非常

好的一本書。書裏有許多評語，當時我看《瀛奎律髓》，學到了很多知識，就像説陳簡齋詩：「暖日薰楊柳，濃春醉海棠。」這兩句十分濃麗，富美感，但下面兩句「放慵真有味，應俗苦相妨」，便變得很淡了，像散文一樣，這就是詩法了。這種詩法很好，兩句濃的在前面，兩句淡的在後面，造成強烈的對比。類似這樣的詩法有很多，人們就可以通過學古去掌握。《瀛奎律髓》裏還有一章，須特別注意，就是〈變體類〉，談及詩的對偶，「工對」是必須要學的，但也有「不工」的對偶，在「不工中求工」，就如：「秋風吹渭水，落葉滿長安。」這兩句是人人皆知的名句，對偶非常工整，下兩句是：「此地聚會夕，當時雷雨寒。」人們絕對想不到這兩句會用這種方法對偶，「此地」對「當時」，「聚會」對「雷雨」，「夕」對「寒」，這兩句對我的啟發很大，「聚會」怎麼可以對「雷雨」呢？我們讀王力先生的《詩詞格律》，學會「工對」，天文對天文，地理對地理，雲對雨，雪對風，晚照對晴空，這種對偶是最劣等的，我們要避免極工的對偶。要工，天文對地理還勉強可以，最好不要這樣，名詞對名詞吧！不要對得太工，一但太工，我們怎樣稱呼這種對偶句呢？

黃榮杰詩友：合掌對。

陳永正教授：合掌對正是詩詞的大忌，上句英雄，下句豪傑，上

句虎豹，下句熊羆，這就是合掌對，兩句一模一樣，意思相近，甚至相同。上句對下句，要完全不同，至少要有區別，這樣才是好的對偶句。所以我建議大家看看《瀛奎律髓》說的如何寫「不工」的對句。假如你寫詩已過了入門的境界，便應忘卻王力先生的《詩詞格律》，不宜再看，它誤人不淺，教科書是帶大家入門的，入門後便要丟掉它，學會平仄便丟掉它，凡是詩法入門的書，大多是誤人子弟的，包括啟功先生的那些書，入門之後就丟掉吧！不要再看了。每一個寫詩的人都希望自己的詩寫得好，即使寫來是鬧着玩的，也希望玩得漂亮。真不好意思，談了這麼久，下面講一講我主張如何入門，按照古法來說，入門最初應從吟誦開始，所有古人學詩的第一個步驟是吟誦，但是這一百年來，吟誦慢慢失傳了，現在很多七十至一百歲的老人家都不懂得吟誦。民國以來，新文學家對吟誦污名化，認為吟誦是「老朽」，搖頭晃腦，所以吟誦成為了落後的、老古董的、搖頭晃腦的、可笑的舉動，是醜陋的。所以，吟誦基本失傳了。聽說最近這一年，北京大學取得了一個國家科研項目搶救遺產，去年搶救到了廣東，找廣東懂得吟誦的人旅遊全國各地，當中動用了不知幾多百萬的經費，全國各地找來一些老人家或傳人吟誦當地的詩，我看見徐先

生嘆息，他說在許多地方，再也找不到一個老人懂
得吟誦了。但廣州和香港，好運氣，我知道香港有
一群老人懂得吟誦，儘管不多，在廣州，我的運氣
很好，我的父親懂得吟誦，我的老師朱庸齋先生更
是吟誦的高手，所以，我在中山大學講課，所有會
講廣州話的人，我都要他學吟誦，所以現在在廣州
可能有過百的人懂得吟誦了，吟誦再不是遺產了。
而且吟誦的隊伍還在擴大，很多在廣州會寫詩的人
都學吟誦，我建議大家也學一學吟誦，現在有了光
碟，有了網絡，大家可以錄像，我的老師朱庸齋先
生的吟誦也有了錄像，有了光碟。吟誦很簡單，
學會之後，終身受用，只花一小時便能學會吟誦，
而且能夠很順利地學會，要學得很熟練，不過四、
五個小時，一學會以後，終生不忘。凡懂得平仄的
人，都會吟誦，記住「二四七」，第二個字、第四個
字、第七個字，平聲長，仄聲短，入聲極短，就可
以了。這一張講義大家都有嗎？大家先看一看。先
看旁邊有圈點的，那是平仄，黑點是仄聲，圈是平
聲，大家先看一遍。

我先吟誦李璟的〈攤破浣溪沙〉。(吟)

李璟〈攤破浣溪沙〉：
菡萏香銷翠葉殘，西風愁起綠波間。還與韶光

共憔悴，不堪看。　細雨夢迴雞塞遠，小樓吹徹玉笙寒。多少淚珠何限恨，倚欄干。

各位有沒有注意到平聲和仄聲的區別呢？第二首，晏幾道〈臨江仙〉。（吟）

晏幾道〈臨江仙〉：
夢後樓臺高鎖，酒醒簾幕低垂。去年春恨卻來時。落花人獨立，微雨燕雙飛。　記得小蘋初見，兩重心字羅衣。琵琶弦上說相思。當時明月在，曾照彩雲歸。

大概就是這樣，下面一首鄭文焯的〈雨霖鈴〉，這首詞很奇怪，我剛才的吟誦方法是朱庸齋先生傳下來的，朱先生怎麼學吟誦的呢？朱先生的老師是陳述叔，陳述叔當年和王梅伯有交情，陳述叔跟王梅伯、朱次琦、陳澧學習，朱庸齋先生的父親朱恩溥是康有為的學生，康有為是朱次琦的學生，所以我的吟誦，是自陳澧、朱次琦、康有為、梁啟超、朱恩溥、朱庸齋，一脈相承的，康有為先生、梁啟超先生，當年也是這樣吟誦的，是吟誦有髓的。但我吟誦鄭文焯這一首的方法，是從另一脈傳過來的，我年輕時聽見了，便學了，大家聽一聽，有點不同，看看和朱庸齋那一脈有甚麼不同？（吟）

鄭文焯〈雨霖鈴‧甲午人日載雪西崦〉：

江城春霽，趁東風早，畫舸初試。歌眉鏡裏仍見，曾攜手處，都縈愁思。夢換繁華舊恨，共明月千里。但暗憶、紅蕚盈簪，玉笛吹寒夜重起。　娃鄉自古銷魂地，漫倚闌一霎成憔悴。年年虎山橋下，花發處，冷香隨水。水縱無情，應帶傷春幾點清淚。算只有吟袖弓腰，解得流連意。

大同小異，是不是？當然，我是樂盲，當時我聽的是音樂性更強的，由於我不懂唱歌，所以學得不倫不類，但須知道當年廣東流傳的吟誦風格有不同流派，先前一個是陳澧、康有為傳過來的，而這一個，我並不知道是從甚麼地方傳過來的，但亦有一個共通的地方，就是平仄的掌握，「年年虎山橋下」，平聲拖長，原則是一樣的。另一首〈夜上受降城聞笛〉，當年這位先生是如此吟誦的。(吟)

李益〈夜上受降城聞笛〉：

回樂烽前沙似雪，受降城外月如霜。不知何處吹蘆管，一夜征人盡望鄉。

這跟朱庸齋先生的吟誦也有一點不同，但原則也是一樣，平仄的間隔一樣。

好！今天按照董先生的要求，我可能超時了，接下來請大家提出問題，能夠馬上解決的便馬上解決，不能夠的便留待日後慢慢商量。

鄺健行教授：我也抄下陳先生的高論，今日陳教授的演講，大家聽完必覺豐富、實在，可以說是新見高論同出，而且我覺得是一空依傍，完全說出自己心中的切實經驗、真正的體會，不需引經據典，所以我十分佩服。這是一個十分難得的機會，請大家多多提問，向陳先生請教。

黃榮杰詩友：由當初的穗港澳詩詞比賽，到粵港澳詩詞比賽，再到粵港澳台詩詞比賽，乃至近一兩年的中華大學生詩詞大賽，再到中華大學生研究生詩詞大賽，已有好幾年的籌辦及經驗。今年會繼續有這樣的比賽嗎？

陳永正教授：這個大賽會繼續辦下去的。我們已籌得過百萬的款項，希望這項大賽能繼續辦下去。從前，快要辦大賽時，我便要寫兩張字去換錢，香港的先生幫了很多忙，早陣子有一位香港的先生來到大陸向我買了幾張字，讓我為大賽籌了一個基金，所以我估計這幾年，只要這基金在，這項大賽還可以繼續運作下去。希望大家都能夠參加這個比賽。我跟大家說，這項大賽，我每一次都監察着，是絕對公正、公平、公開的，完全是糊名，除了兩個不參賽的學生

知道是誰投的稿，所有老師都不知道的。學生亦不會預先知道題目，老師也不會預先改好學生的詩。希望大家參賽，減輕顧慮，希望多些同學參加這項比賽。

董就雄教授：想向陳先生請教，你的作品主要是學哪一家的呢？你提及學杜甫。你現在總體回顧，學詩詞學過哪幾家呢？

陳永正教授：人人都說學杜甫，因為學杜甫好像很光榮。不說學杜的人，好像很丟臉。學杜甫，談何容易呢！我自稱學杜甫，只是有時套用他的句式，實際上，我主要學陳簡齋、陳后山，以這兩家為主。我的五律得道於后山，我喜歡在五律裏用拗句，有時會特別用禁用的三平句，就像我的〈西樵山詩〉：「夜霧伏山腳，朝來騰作雲。」晚上的霧伏在山腳，在早上升起來成為西樵山的雲。「我行山內路，欲訪雲中君。」這兩句不對偶，就是學宋人、清人，特意在這兩句不對偶，讓它一氣下去，前兩句好像很工，以為很有新意，但只不過寫景，下面兩句很淡，不對偶，這是宋人寫詩的一種方法，學詩的時候也可以這樣寫，這方法我是從《瀛奎律髓》裏學的。「雲中君」是三平，是詩的大忌。又像我寫於一九六七年的〈落梅詩〉，一九六六年文化大革命開始，我寫了三首〈落梅詩〉，後來黃坤堯先生在香港某報紙

上登了幾篇文章談論這幾首詩，就指出這幾首詩是故意使用拗句寫的，表達出抑鬱難以表達的感情，「一葉復一葉」，五個仄聲字，五個字皆是入聲，用普通話沒法表達。「秋風無賴癡」，平平平仄平。下面用散文句式，「得之以何益」，得着秋風有甚麼益處呢？又有些句子的聲調是「仄仄平仄平」，全部都不合格律，是故意這樣寫的，透過音韻表達心中的抑鬱之情。又像當時佟少弼先生，他曾跌斷了腳，文化革命剛開始，紅衛兵抄家，佟先生說：「我的膝蓋不能屈，一屈便要死。」他的意思是，紅衛兵要他跪下來，他寧願自殺。後來我寫了一首詩，那是一首五絕：「此膝不得屈，一屈即刻死。壯哉佟臘齋，一語存野史。」大家可以把這故事流傳下去。「此膝不得屈」，「膝」、「不」、「得」、「屈」都是入聲，「一」、「屈」、「即」、「刻」也是入聲，十個字當中有八個是入聲字，顯出那種響鏘鏘的聲音（陳教授敲擊桌面數下），這麼短促，讓聲情合一。但如果全首詩都這樣寫，卻是不行的，下面的「壯哉佟臘齋」便作轉換，用一些高昂的字：「哉」，及用「佟」、「齋」等平聲字。最後一句「一語存野史」便有意思了，這話能在野史中存，不能入正史。這就是我學詩的經歷，集合幾家的成果，我寫五言較好，七言詩寫得好的人太多了，我看見陳三立、鄭

孝胥、黃節的詩，他們的五言詩了不得，我無法超越他們，但如果我花過分大量的精力學五言詩，企圖超越他們，我也沒法有自己的風格。所以我集中力量寫五言詩，七言也寫，但點到即止，人總要有些側重才行。剛才說詞，我喜歡寫小令，詞是純粹表現個人，與詩不同，詩要有博大的精神，要有氣魄，要有擔當和社會責任。詞是比較難學的，小令根本沒法子學。

嚴瀚欽詩友： 陳教授剛才說二三十歲要學古，三十歲後才可創新，這樣，二三十歲寫的東西會不會很狹窄呢？其實可不可以反過來，二三十歲創新，三十歲後才學古呢？

陳永正教授： 這很有意思。我剛才說，請天才不用聽我的話，我說這方法只適用於一般學詩的人，是「大路」的人、普遍的人都可以用這種方法達到成功的。創新是終生的目標，既然你要寫詩，便要寫得好。但過早在風格、技巧上創新，我認為天才是可以的，李賀可以，我們只是普通人，只能夠以普通的方法學詩，百分之九十九點九的人都是普通人，天才只佔百分之零點一，天才當然不用聽我的話。三十歲那些當然只是隨便說說，你千萬不要三十歲生日翌日便跑去創新，這是作為老師的我，開你們半個玩笑而已，其實是說待你們年紀大一點，有資格、有能力

時便可創新，而不要急於創新。學問是急不來的。

詹杭倫博士：我想向陳教授請教，你的〈黃河壺口瀑布放歌〉的標點符號，前面三句是兩個逗號，一個句號。接下來是兩句一個句號。然後是四句一個句號。這種標點方式是否故意的呢？

陳永正教授：我的〈黃河壺口瀑布放歌〉，體裁十分特殊，是柏梁體，每一句都押韻，好處是你喜歡哪幾句組成一段意思都可以。如果按照正常的寫法，兩句一韻，分段時便受了限制，要在兩句內寫出比較完整的意思，韻是傳意中一個小小的結束。我的這一首詩，是先把三個意思放在一起，它們組成一個統一的意思，所以我便三句一段。標點是隨意的。我甚至有一種感覺，對不起，這對老師好像有點不公，我認為中國的古文，包括詩詞，是不需要下標點符號的。「句讀」、「文氣」跟外行人說，他們沒法子明白，我這十多二十年，閱稿甚多，很多出版社請我審稿，那是很多大學者、著名的學者校點的古籍。一篇古籍，他們加標點符號，但我看上去，覺得有問題，我讀古書，是一邊吟誦一邊讀的，不用加標點符號也知道在哪兒停頓，一讀便知道了，不需思考。不懂解釋的文章，也能知道在哪兒斷句，文氣到便能斷句，大家留心聽一句話，你拿一篇古文，你不用解釋它，拿來誦讀，（誦）「慶曆四年春，滕

子京謫守巴陵郡。越明年，政通人和，百廢具興。
乃重修岳陽樓，增其舊制。」自然便懂得斷句了。
如果你要理解文意，你的理解不一定對，斷句卻很
容易。詩也是這樣，句讀便可以了。至於哪兒用句
號，哪兒用逗號，説不清楚的，也沒有所謂的。你
認為有甚麼意思在其中，自己看過便算了。所以不
需要太着重看它哪裏用句號，哪裏用逗號的。當然
現在安排的逗號和句號是表達我個人的分段方法，
讀者可以有自己的一套，可以不同意我這樣分段，
沒所謂的。這是「卑之無甚高論」，我認為讀詩也是
這樣，分了句便算，讀古文也是，分了句讀便算，
不需要太講究甚麼是完整段落。像詩歌有起承轉合
的常識，但不要太緊張，或太講究，初寫詩時學起
承轉合，到真正懂得寫詩時便丟開它，句讀也是這
樣。

葉翠珠詩友：剛才陳教授説求新、求真是寫詩甚至做人的終極目
標。我想請問陳教授，寫詩對於人生有甚麼整體意
義呢？

陳永正教授：這個問題實在太複雜了。你為甚麼要寫詩呢？為甚
麼要寫詞呢？其實沒有任何目的，是不為任何人而
做的，詩可以有社會功能，別人讀了是別人的事，
教化是別人的事，別人讀你的詩，得到教化，如果
一個人寫詩，目的是為了宣傳某種觀點，或宣傳某

集團的主張，這是另一回事。為甚麼要寫詩呢？沒有任何目的、功利，是自我靈魂、內心深處有點東西要吐出來而已，「空腸得酒芒角出」，「吐向君家雪色壁」，蘇東坡的詩，寫詩就是這樣。第一，初學寫詩可以有目的，可以模仿，把詩學好。我剛才所說的一切，只是對學生說的，不是向在座幾位大教授說的，幾位大教授是賞面來聽我講話。初學寫詩可以模仿名家，可以唱和，可以獻給某先生，這是目的，有目的的詩都可以寫得好，例如我的〈香港城市大學董就雄教授賜詩奉答〉，應酬詩是有目的的詩，我曾寫過文章說主張寫應酬詩，但不主張大量寫作應酬詩，只是應酬詩是不能不作的，是很重要的，古人也寫了許多應酬詩，朋友之間的交往，寫詩應酬，表達感情，是好的，應酬詩也要真，我和董先生是詩友，這首詩說「董子居城市」，我把董先生比作董仲舒，「居城市」，董先生在城市目不窺園，也在城市大學，語意相關，「聽車識道真」，他住聽車廬，車與道配起來，這道既是樓下道路，又是學問之道、人生之道，這首應酬詩，我是認真獻給董先生的，不是虛與應酬、隨便寫的，「下帷書有味」，董仲舒先生下帷，讀書有味，句句皆有意思，所以應酬詩是有目的寫的，不要隨便寫，而我們平時寫的詩，主動寫的，一切從心流

出，但在學階段，不作此例，模仿、應酬皆無所
謂，有題目，有紙有筆，便可以馬上寫一首詩，在
學習階段，隨便拿一個壺來，便詠這個壺，都是可
以的。當年朱庸齋先生就是這樣訓練我們，指定題
目，詠春柳，便要寫春柳，這是練習的詩，到真正
寫詩的時候，便要求真、求新。

朱少璋博士：今天很多謝陳教授來到我們當中做了些分享，時間
好像不太夠，希望日後還有機會請陳教授再光臨，
再作分享，我們再一次以熱烈的掌聲多謝陳教授。

「文字整理過錄」小組
成員簡介

1 **劉奕航**，畢業於香港浸會大學中國語言文學系。現為中學教師。

2 **黃榮杰**，現任宏恩基督教學院通識教育學院講師。先後畢業於香港教育大學、香港中文大學、香港大學。香港浸會大學璞社、香港教育大學薪傳文社成員。曾獲全港學界律詩創作比賽冠軍（二〇〇六、二〇〇七、二〇〇八）、全港學界對聯創作比賽冠軍（二〇〇九）、全港詩詞創作比賽亞軍（二〇一三）、全港青年中文詩創作比賽近體詩組季軍（二〇〇九）、中文文學創作獎新詩組第三名（二〇一九）、中華大學生研究生詩詞大賽優異獎（二〇一三）、中文文學創作獎兒童圖畫故事組優異獎（二〇一六）等。作品散見香港及海外書刊。早年創設「香港詩網」及「雕蟲軒」等文藝網站。

3 **李耀章**，字寧魂，璞社社員。初涉中文，今獵心理。略習琴箏，猶好古詩。不囿古樸，賦詠時聞。以文會友，作品散見文藝刊物，曾出版個人詩集《寧魂集》。

4 **張軒誦**，香港浸會大學中文系文學士，香港中文大學中文系文學碩士，璞社社員。曾獲第二十六屆全港學界律詩創作比賽大學及大專組冠軍、香港青年唱詩節暨詩詞唱作比賽冠軍。編有《璞社唱和選刊：春秋集》（單行本）。作品散見於《明藝》、《香

港詩詞》、《荊山玉屑・六編》、《荊山玉屑・七編》及《中華詩人千家詩》（香港卷）等刊物及書籍。

5 **葉翠珠**，從事中文教育工作。香港珠海學院中國文學系學士、香港大學中文學院文學碩士。少歲慕陽明心學而私淑焉，後兼參三家，淺習四部。主要研究範圍包括中國儒家思想、中國教育史及粵方言，近年參與對外漢語教學。除發表論文外，曾撰寫《文匯報》「言必有中」專欄，詩詞作品則散見於《香港詩詞》、《中華詩人千家詩》（香港卷）及《荊山玉屑》等書刊。

6 **余龍傑**，香港浸會大學中國語言文學系畢業，復旦大學中文系創意寫作藝術碩士。現職香港浸會大學語文中心助理講師。曾獲青年文學獎、城市文學創作獎、工人文學獎等獎項。璞社社員。合編有《四十一雙眼睛——年輕人看世界》、《荊山玉屑・五編——香港浸會大學璞社詩輯》。

＊簡介內容由成員本人提供。

編者的話

　　璞社成立於二〇〇二年，十多年來活動從無間斷，與詩社活動相關的文獻資料，日積月累，斐然可觀。詩社在鄺健行老師的指導和帶領下，特別重視以出版方式保存詩社的文獻資料。十多年來，在出版事務上，詩社已先後成立「詩輯系列」、「社史系列」及「評點系列」；三個系列共出版專著凡十一種。而最特別的，是詩社從來沒有在出版事務上訂定正式的分工制度，所有出版任務，都由熱心而主動的社員義務承擔；無論是付出金錢或時間，大家都不計較。過去有些出版項目由個別社員獨力主理，有些則由多位社員合作完成；總是各自為詩社出力：能做的，都做。

　　自二〇一四年五月起，鄺老師籌畫舉辦詩藝專題演講，定期邀請詩人專家主講，應邀主講的專家，均具豐富的創作或研究經驗；活動至今已辦了十次。詩藝座談會的內容珍貴，應該保存、流傳。因此，我們着手為詩社新成立一個「座談系列」，計畫把這批詩藝專題演講的內容編輯成書，定名為「璞社談藝錄」，供諸同好。

　　《璞社談藝錄·初編》輯刊詩壇名家的專題演講，收錄五篇整理稿共約十萬字；這五次講座先後由何文匯教授、洪肇平先生、朱少璋博士、莫雲漢教授及陳永正教授主講，內容涉及古典詩的聲調格律、詩壇史話及創作經驗等不同範疇，深入淺出，適合喜愛古典詩詞的讀者。據現場錄音整理成文字稿的重要工作，分

別由劉奕航、黃榮杰、李耀章、張軒誦、葉翠珠及余龍傑諸位負責；六位既是璞社資深社員，又是年輕詩人，熱愛古典詩亦支持詩社，義務為新成立的「座談系列」出力，勞苦功高。

《璞社談藝錄・初編》是「座談系列」的首部出版物，考慮到篇幅的問題，「初編」先輯錄五講的內容，餘下的其他演講材料，會適時另作續編，以饗讀者。此外，我們還構思為詩社陸續成立「詩話系列」及「唱和系列」，盡力為詩社保存有價值的資料。

責任編輯：羅國洪
封面設計：洪清淇

璞社談藝錄・初編

主　　編：朱少璋

過　　錄：劉奕航、黃榮杰、李耀章、張軒誦、葉翠珠、余龍傑

出　　版：匯智出版有限公司
　　　　　香港九龍尖沙咀赫德道2A首邦行8樓803室
　　　　　電話：2390 0605　　傳真：2142 3161
　　　　　網址：http://www.ip.com.hk

發　　行：聯合新零售 (香港) 有限公司
　　　　　香港新界荃灣德士古道 220-248 號荃灣工業中心 16 樓
　　　　　電話：2150 2100　　傳真：2407 3062

印　　刷：陽光 (彩美) 印刷有限公司

版　　次：2021 年 6 月初版

國際書號：978-988-75441-6-6

香港藝術發展局全力支持藝術表達自由，本計劃
內容並不反映本局意見。